# 云端上的村子

徐斌会 / 著

天津出版传媒集团
百花文艺出版社

**图书在版编目（CIP）数据**

云端上的村子 / 徐斌会著 . -- 天津 : 百花文艺出版社 , 2025. 1. -- ISBN 978-7-5306-8976-9

Ⅰ . I227

中国国家版本馆 CIP 数据核字第 2024BH8803 号

**云端上的村子**

YUNDUAN SHANG DE CUNZI

徐斌会　著

**出 版 人：** 薛印胜

**责任编辑：** 郑　爽

**封面题字：** 陈　彦

**策划编辑：** 蒯　燕

**装帧设计：** 悟阅文化

**出版发行：** 百花文艺出版社

**地址：** 天津市和平区西康路 35 号　**邮编：** 300051

**电话传真：** +86-22-23332651（发行部）

+86-22-23332656（总编室）

+86-22-23332478（邮购部）

**网址：** http://www.baihuawenyi.com

**印刷：** 成都市兴雅致印务有限责任公司

**开本：** 880 毫米 ×1230 毫米　1/32

**字数：** 150 千字

**印张：** 8

**版次：** 2025 年 1 月第 1 版

**印次：** 2025 年 1 月第 1 次印刷

**定价：** 52.00 元

如有印装质量问题，请与成都市兴雅致印务有限责任公司联系调换

地址：成都市金牛区沙河源街道陆家桥社区

电话：028-83181689

邮编：610000

# 掘光者：徐斌会诗歌的精神图景

石凌

太白山以神性光辉俯瞰群山，徐斌会以笔为镐，凿开山岩的沉默，让那些被雪水浸润千万年的神性光辉倾泻而出。他的诗集《云端上的村子》是山岚与星辰的私语，是太白山中的草木根系在时光岩层中刻下的密语。

## 自然神性的解读者

天天仰望太白山，常常祭拜清溪，徐斌会的目光锐利而纯粹，他擅长从太白山的石骨上掘出火焰，从太白山的峡谷里攫出清泉，从太白山的草木中淬炼出金……徐斌会对太白山的凝视自带地质学家的穿透力：鳌山的石岩肌理在他笔下成为凝固的史诗，他以苍鹰巡山的拟人笔法，将自然升格为具有主体意识的神灵。诗人以太白山主峰鳌山为观察点，多角度全方位俯瞰鳌山“横穿苍鹰/向纵深处膜拜”，用通感构建多维度诗境——云端上的村子，这里的花与石、草木与劲风、雾岚与青石、火焰与雪山……构成了徐斌会太白诗宇中的星辰。诗人膜拜鳌山，心若菩提“这里，诸神慈悲”。

在秦岭，诗人生发天阔地旷、苍茫辽远之感“在南北分界线，潮声是滚动的铠甲 / 天是倒挂的水 / 是直立的头人”，面对陨石堆，诗人放飞想象，为之赋形“每块被轧过的石块，都有条 / 深不可愈的伤口”。徐斌会一直在不遗余力地歌颂着太白山的一切：雄奇的山峰、纯澈的清泉、如梦的雾岚、大地滋养下的万物，以及隐匿于青峰峻岭之间的历史遗迹。诗人从不同角度雕刻黄柏塬大箭沟独特的美：大箭沟的水“给你足够的高远和辽阔”，大箭沟的路“用星光唤醒黎明”，大箭沟的阳光“被一根根竹篙 / 挑起绿色的帘幕”，大箭沟的云海“驶向 / 空境的怀抱 / 散着绿色的微光 / 飘出鲜嫩娇绿的梵香”，大箭沟的潭瀑“让那些从天空 / 下来的人，抱住老泪纵横的 / 小溪”。在大箭沟“能听到清脆的鸟鸣……见到细鳞鲑、娃娃鱼”，在大箭沟修行“你可以随意截取 / 一些虫鸣，一阵鸟语，甚至 / 收拢石头上的兽迹”“在大箭沟，石头就是信仰……”

好诗给人以飞翔之感。徐斌会擅长抓住乌云之间隐藏的闪电，照亮心路。“每一根草都是 / 鹰的翅膀”，诗人仰望一只鹰，也仰望一棵草。“只有云海，想给每棵树木和小草 / 安上翅膀，让它们飞向天空 / 不再为石头牵绊”。在诗人笔下，鳌山的山桃花是鳌山的精灵，它们所向披靡，“过该过的河，爬该爬的坡 / 把自己高高举起 / 拥抱着满山奔跑”。诗人为山桃花赋予人格力量，它们肆意地活着，点亮行人的眼睛。诗人礼赞草木，就是礼赞坚韧顽强的生命力。

诗人是自然之子。诗人的心既要装得下宇宙、星辰，也要容得下微弱的呻吟。“时光书”是诗人从太白山四季采撷的花香、雨露。诗人化身蜜蜂与蝴蝶，在雨天叫醒泥土，在春天叫醒草木，在夏天和着雨露跳舞，在秋天酿出蜜来……这些被太白雪擦亮的诗句闪烁着纯粹的光芒，“只有谷穗，以最谦卑的姿势 / 等待镰刀临幸”诗人始终怀着欣悦之情，保持一颗童心，为大地上的事物赋形敷彩。“阳光在这里赐予，万物向上的勇气”“如果你一个人来到这里，必然会陷入更空更蓝的孤寂 / 好比一滴泪注进大海”。《鳌山的花开了》中，诗人以童心观景，通篇用拟人手法，描摹出一幅生机勃勃的鳌山春景图。这种对物象的炼金术，使《鳌山的芝樱花》中“替石头撰文”的花朵成为诗人的精神镜像，完成从物象到心象的转化。

仁者乐山，智者好水。徐斌会既乐山又好水。他以千钧笔力，多角度镂刻了太白山主峰鳌山，又浓墨重彩描摹虢川河的神韵。他在河边听风，沐雪，修行，种星星，“把白天打磨成岩浆”“把黑夜打造成锋芒”“把天上的云朵视为远亲”，在皈依般纯粹的蓝里顿悟，“人间本就是一片辽阔的牧场”。在虢川河看雪“看黑夜牵着白马 / 满滩的石头跟流水说话”“只有雪，能够医治一切失望”。

## 时空维度的穿梭者

诗人以栈道为时光隧道，破译深藏于残砖断垣之间的历史密码，窥探隐匿在历史尘烟下的真相。在《王家堎栈道遗迹》中，马蹄声与士卒的呼吸在当代语境中复活，“石头缝隙中/至今喧响着各样不同的回声/挑衅、呼救、呻吟、怒骂，还有战马的/嘶鸣，被捡起”。在《褒斜栈道》中，诗人穿透历史云烟，还原历史场景，“还有鼓角，满腹的绝响/还有箭镞身首分离的传说/以及太多无法传递的口信”这类蒙太奇式意象拼接，让古战场在语言中重现血肉。而《白云驿站》里“碾碎无数的痴梦”与“沉积的伤痛”形成时空对位，揭示了文明进程中个体命运的脆弱性。

徐斌会造访这些遗址的时候，看到的是历史遗迹，想到的是古战场的“风嘶、马啸、狼烟、侧影”，听到的是穿透现实壁垒与历史夹缝的“啜泣、血腥、欢呼和呐喊声”，这是诗歌版的史书。

## 生命哲学的勘探者

徐斌会的自然书写暗含着哲思。每行一地，每观一景，诗人在撷取意象的同时，思考存在的意义与意象之间的关系，力求在更加辽远的背景下找到自我精神的坐标。行走栈道，诗人以修行者的虔诚“打开通往天界的门”，在诗人看来，太白山的“大地是收藏家……”栈道、驿站、神泉无不深藏着历史的密钥，《白云驿站》中“仿佛，是一名将士／箭利弩强，刀闪雪光／守护着，古老的栈道……时间的车轮，碾碎无数的痴梦／岁月的风雨，仍洗不去沉积的伤痛与遗憾”。

徐斌会既是太白山的观察者、行吟者，也是思考者。他撷取草木精华，寄情自然风光，借助万物微光，照亮自己前行的路，获得向上生长的力量。在《清明》中，诗人以修行者的心态坦然面对生命中的阴霾，勇敢地凝视前方路上的深渊，从尘世浩荡的光阴里寻找光斑，从而抚慰心灵。

徐斌会的诗歌意象饱满，情感充沛，给人以力量与勇气。诗人在病榻写就的“人生笔录”尤显珍贵：“在手术室，疼穿越我的皮肉，爬行／用有毒的牙齿，刻下／象形文字，为我摊开人生的命题／让我阅读甲骨文，拜读祖先／寻找母亲、父亲”。

优秀的诗人总是从意象里提炼出思想的盐。徐斌会的诗中蕴含着一种充破现实壁垒与尘世雾霾的张力，“仅一场风／便把虢川河／吹得一干二净／让石头披上洁白的婚纱”。诗人始终以平等之眼观万物，以哲学思维审视万物。

## 遗珠之憾

若说遗憾，或许是诗人尚未完全打通自然灵性与现实关怀的经脉。太白山的雾岚可映照朱门与蓬户，山涧清泉当淘洗尘埃与血泪。杜甫“大庇天下”的胸怀与王维“空山新雨”的禅意本可共生于同个诗心，期待徐斌会在未来的创作中，让芝樱花既绽放于神山，也生长在拾荒者的衣襟。

《云端上的村子》是徐斌会献给太白山的情歌，多角度全方位展示了太白山的神韵与风情，剖开太白山所承载的精神内核：表层的草木丰茂是生命的欢歌，深层的岩层皱褶藏着历史的阵痛。当诗人继续向精神矿脉深处掘进，那些被开采的光，必将照亮更广阔的人性星空。

（石凌，原名张惠灵，甘肃灵台人。在各级报刊发表作品600余篇，出版散文集《且行且吟》《素蓝如瓦》、长篇小说《支离歌》、评论集《一川巨流贯风烟》等。）

# 目录 CONTENTS

## 上部　何以太白

## 下部　时光漫过

# 上部

## 何以太白

# 一、风过鳌山

鳌山是秦岭第二高峰，也是中国十大非著名山峰之一。

# 鳌山在高处

在鳌山，太阳是高的
星星是高的
滑雪场的跑道是高的
它们收割着目光的磁力

山梁是横着高的
桦树林是高的
绿浓绿浓的树叶在高处密结
它们是另一种头颅

芝樱花、蒲公英是高的
鸟儿的啼声是高的
滑雪跑道上的雄鹰一阵一阵地
从高处飞翔

我将它们举过头顶

## 鳌山是神

在鳌山，每一棵草木
都有神灵，从树芽露针
就摇晃着巡山。借飞鸟和蝴蝶
给每一株活着或者死去的
花木祷告

有时候，它是霸坡的小草
有时候，它是独行的白桦
在它看来，长满棱角的簇簇棘刺
也不过是一块石头

一株落叶松，一只锦鸡
一只野兔，互相弯着腰
都是神的一部分，也是
横起的山梁

# 鳌山的花开了

在鳌山，春雨的脚很浅
先是星星点点地飘
一滴比一滴深，一滴比一滴浓
芝樱花的针尖，就顶破浮土
把耳朵露出来

开始洇染，漫延
一点点，一片片，一层层
绿潮，漫过草皮，漫过低丛
漫过树梢，漫过房屋

然后，从草屋走出来
慢慢地打开身体的花骨朵
像移动的云朵，俯首山坡
开始画布，画中
忘了祖上还留有
“羞涩”二字

## 鳌山脚下

当所有的声音趋于喑哑
所有的尾羽一一亮相
所有的花为山，为屿，为池
所有的草木全入树下
所有的朔风
喧哗我常新的鳌山
我安息，连同
眼睛里噙满的水

当所有的气流、所有的音律
所有的高歌，给了我阔绰与腾跃
我奔跑。碧蓝的天空旋成的点点声末
摊开、晾晒，伴着云朵奔涌在
鳌山脚下

当写下愿期，写下终养
写下天地神明，写下鸽子的哨音

写下一座座山林、一枚枚松针
织就的锦绣，恣意生长的
野花野草，四处欢跃的
鸟雀，在时间里取暖
在鳌山脚下

还有万丈的劲色，地造的根须
与早起的日光一起亮丽
还有沿途不断涌入的
种子，怯怯地望着
鳌山脚下

山下，青翠在一池碧水前看见
花溪与蔚蓝相拥

山顶，树木在紫色里萦萦绕绕
雾岚与青石相互借道

脚下，红红的火焰
正燃烧着春天

遍地的蝴蝶，感知着你的温度
应该迈动腿脚，还是

永远驻足

请允诺我，在
蓝天上，捡拾座位
只为看清你在群山中隆起的峰乳
探视峰顶那皑皑的白雪
那最深的沟壑处，就是
我的家园

## 鳌山的日出

怀揣落日，黎明信散
邮戳着一步一步的光阴
自顾旁落，悬念
正沿着红尘，深入人间

一段段风声，一声声呐喊
像信封上潦草的人名
被攀登的人们念成今生

敲开一扇扇门，卸下
这个地名，把一个个人
雕琢成石头，醒着

# 鳌山上的杜鹃

用根系遍野，内心比
山谷葱茏。替鳌山的
石头，撰文，刻字

染料是旁白。写意
天色苍茫，看墨云层起
听风声从画中路过

安排鸟鸣和晨钟暮鼓
相遇，替蝴蝶
舞起一场暴风

月下织锦，给蔚蓝
添娇，藏着一个神仙的
梦，把爱燃烧
不论昼与夜

望天，听歌

有时也会在林下饮泉水

自酿喜乐

让丛林深处的爱，捎来

书信，等伊人

在纸页上徘徊

注：太白人把山坡上的杜鹃叫枇杷，四季不落叶。

# 鳌山的山桃花

指驭绿风，追逐惬意
却不要西窗
掩盖土地

山顶、坡畔、树下
包括悬崖
替大山抒情

过该过的河，爬该爬的坡
把自己高高举起
拥抱着满山奔跑

那方为前世，此地是
今生，给春天安家
给漂泊的时序，抛下
最重的锚

即使化身泥土，也会

成为书签，像山

一样活着

# 鳌山的小草

像训诫书上，规规矩矩的签名
只听命于春风

开花、结果、散子
每一株，都有自己的
性属、尊严

有时候比鸟儿站得还高
有时候比我蹲得还低
在上高爬低中，从未嫌弃
泥土的贫瘠

在日子的路边，修行
守候。在最窄的空间
游离，奔走。只为
大地的施舍

# 风过鳌山

在鳌山，没有什么是能够停止的
比如风，无须仰望
也不再匍匐

当落日成为新的顶点
它就是新的。在时间的序章里
朴素而虔诚
就像那些带色彩的事物

在山顶，你会看到
一座一座的山，在自由地挥霍
也会看到，山外之山
一山更比一山高

## 眺望鳌山

你是山。但却
超过了山，成了
天空，寻找
耸立，托起云
托起了我
托起了一座座山

## 滑雪场的花开了

阳光在这里赐予，万物向上的勇气
让春天的心愿赤裸着
不再裹藏，跳跃着
叫醒生命，叫醒绿色
从萎靡里爆裂，沉醉地蕴含着
不尽的芳华，给天空命名了
一种颜色，覆盖了一切
形式的表达，锦绣了一缎
华贵，明艳了群山河流
使春的视角延伸在
鳌山山脚下的滑雪场

遍开田野的花朵，发自金枝
流淌着柔软的爱意
同云霞一样，追随着太阳的光辉
饱含星空的温润，霁雾的营养
让村旁蜿蜒的土路，迟滞了

山巅，徜徉在次第的春天
沉淀了无穷的丰富，都是
人间仙境，都是
滑雪场的花开了

裸露与质朴浑然地
伫立山头，眼里蓄满
大地的血脉，偾张着
热烈，粲然
或三五成群，如影相随
或一枝独秀，遥相呼应
沟沟峁峁，都有你娉婷的倩影
漫山遍野，都是你娇美的芳容
滑雪场的花开了

雄浑挥舞着粗犷，温柔地
盈满沟壑，纵横的
山脉，逶迤起伏里蛾眉轻蹙
双唇微启里，霓裳翻飞，在并不
肥沃的山旮旯，红缨耸起
澎湃着大地的激情，绚丽着
人间的柔情，盛开了
山的春天

滑雪场的花开了

当所有的游人一层层拥来
观赏，仰望，赞叹，直到
慢慢离去，你是否也会像
雪花一样一瓣瓣凋零？每一朵花苞上
都刻着我的名字
滑雪场的花

你一定是从唐诗中嫁接而来
你一定是从宋词的笔尖含苞怒放
何以这般深情地把这块大地向往，怀里
一个个美丽的少女，轻狂的
都在枝头。花蕊中那颗朱砂痣
点点绯红

# 鳌山是更好的告白

在鳌山，草木是直立行走的
天是倒挂的水
是云海的头人，和山的
脚步一致

从它面世起，就无亡日
让世界的内容无穷无尽
清晰了白昼，清醒了颜色

它们都温情，隐忍，各自
心中有爱，比闯入的人类更为可靠

一两声鸟鸣就够我长出清凉的翅膀
一两朵花就够你要出尘世
问白云能要出的雨水
把自己能许给苍茫的天空
时间放大在粉红、紫白、嫣红

从生至死，只有在百科全书里找寻

路过鳌山，不是我的本意
这里，诸神慈悲
村庄一直都在
界碑上刻满的马蹄和春风
无论从何处醒来，都能
看见一地清凉

月亮是奢侈品，石头是谎言的
雨水，被幽绿缓缓揭开
草尖醒了，露珠醒了，圆滚滚的
一排排的小月亮，照着村庄和亲人
柴扉渐次打开，吆喝声
惊扰着每一个晨曦
让早起的太阳
拥有坚硬的骨头

# 鳌山的芝樱花

生命的芽尖，苦熬过贫瘠的冬
在雀儿的目光里，从贫瘠的泥土抽取
花开，挺拔的雾岚
连接云朵制作的奔放
在燕子踩踏的山尖
织起草木的根系
孵出的泉水，划戈
雪换掉的衣服
找寻它的云白天蓝

风在水墨淋漓的版面上
穿过雨集结的山脉
摹写雪白、粉红、紫色、藤黄的羽翼
向蔚蓝的扉页，缓释形形色色的
暗语，叶齐了的白桦林
不再束缚。隆起衣襟的
芝樱花，修行的

灿然满落

还有谁在守望？南去的
褒谷栈道，穿越几千年的
风烟，聆听远去的
马蹄声声

只有滑雪场的芝樱花
从天而降，把久违的烟霞绽放
晨曦薄雾，裹一身素素淡淡的
忧叹，声声花开
一棵棵向上的绿芽
腼腆地挣开土地的束缚
遮挡着，山阴的风
把尘世丢在原地

# 春雪鳌山

翻错的日历，澄净的
自欺欺人。让谎言
生而忧患，却从不让
生命说破真相
兵戈千里，驰骋万疆
只为离去时的啼哭
吹响号角，为峰巅
盛开了一朵朵花

用厚重将夜色包裹
藕臂在身前交互，守护
胸口微弱的火焰，蜷缩在
世界的一隅，如同
刚来时的脸庞，让皎洁的
明月，都纠结着清愁
随银河一泻千里

怀抱空空，兀自难立
任由放歌、放马
以来时的嘶力，等你
勒马而立。其实
我一直都在这里

# 在鳌山

在鳌山，每块石头如月光站在树冠
替更多行走在人流中的
盲从者指路。黑夜和白昼
顺着溪涧流淌，搁浅的蛙鸣
像鹅卵石一样婉转
是否有蝌蚪游进游出
捆住带孕溯游的细鳞鲑
都像山的壮美

山在天的头顶，凌空托举着安详
几万年了，小至一只蚂蚁爬过的兴衰
都从黎明到黄昏，摇旗呐喊
滚烫的消息，虫声四起
擦拭着风与水的界线。临照
卷轴构想的回廊，在千万条
峰回路转的飞跃，日轮
尘烟浩荡

月光穿过山谷的仰望，鸦雀鸣叫出
水汽氤氲，逶迤直下
八百里山川，人间烟火
率先挑出，摇摆不定的水草
在车前草和蒲公英都惧怕路的阡陌、树木的彷徨
但万万不要用杜鹃的落红
去洗劫一条条溪河的富有
我的水是汉江的源头，我的路
褒斜道，我只记得它是我的来路
赤裸着眼睛，挡住
夜归的人

我从人群中寻找，只遇到早起的你
在山涧，吹着口哨恐碰草尖
挽留的露水，又怕水拍打岸石泛起的
阳光，衣裳，氤氲之息
都想拽着绳子登山
还有，小些的石头
带发修行

无须叩问你的高大威严，你只用
岚岫，化解了所有的谜

让一朵朵祥云，在山坡的深处
滴水成溪，是源之头
这也是梦之源

## 二、大地景观

太白县城大地景观是指以“一轴、三带、七组团”（一轴：以虢川河为轴线；三带：山水景观带、河川景观带、田园景观带；七组团：七色花田、箕谷追忆、云溪湖、塘口遗风、神龟驮石、彩虹飞渡、伊甸园）东起衙岭，西止虢川河和红岩河的交汇处，对虢川河两岸坡岭河滩着力打造“采菊东篱下，悠然见南山”的人与自然和谐共生的养生慢城景观。

# 我是大地景观

一缕晓风从山畔田垄上走过
所有的根须都往深里扎
黑色的土下，嫩芽举着爱的标语
遇见绿色太阳

羞涩的草尖
只想有一场约会
满目的娇媚
随风便呼啦啦飞起

拈一弯弯月门
我胸口的桃花就呼之欲出
借我山茱萸花的灿黄
借我胭脂色的梦
去填一阕醉阴花
寻我的长相思

这边是
遍植的幽幽蓝晶和云朵
让落霞与炊烟日渐妩媚
翠鬓蛾眉在侍弄花草
在你经过的地方花过香闻
常常在一幽湖里小寐

那边是
从鳌之巅到虢之川
轻踩平仄，一路旖旎
惊醒一树树绿韵
挽起一溪溪流涌
任一些传说遇上一簇簇青草
深情在浅吟低唱

只是，没有人告诉我
爱上这里
比雪花爱上春天
更为具体

## 大地景观的风

从来没有停息的绿风，在大地景观
反复和我相遇，满山的树木
是山顶撞着山，在低伏的草
延绵的山梁上，几千年不死
向时间致敬

风是无意的，绿是羞涩的
几千年了，在干旱和朔风磨砺下的
历史的音符已然远去
只有葱郁的树木，在这里培育起了绿色

也是几千年羽化出的种子
一粒一粒的，在泥土里孕育
在黑土里长大的生态有机果蔬
在吹拂的绿色中扶摇直上

越来越像一位故人

像一片我不认识的山河
用牛羊，喂养着村庄的炊烟
用鲜活的绿色生态，一个一个像包状的云朵
一瓶一盆的像水一样的透明物质
链接富裕了村舍民众
告别了古老的农耕

似乎一切都很朦胧，却又很清晰
那一条条蜿蜒的小路
那些羞羞答答的溪涧
那一座座露出红瓦的老屋
那一扇半开半掩的红色大门
那一池池碧玉洁清的蓝色静湖
还有四周山上色彩斑斓的树林
一切都显得那么安详

不是所有的人都能回到故乡
在盛大的时光里，那些流逝的风景
如同抹不去的记忆
在这里越洗越亮
越看越像
故乡最后的物证

这些差生的小道
没有行人，只有我独自站在村口
感受被雨和夜幕渐渐笼罩的世界
炊烟有时候还没升起就在雨中融化了
在月光的夜晚，都拥有一份清澈的孤独
一切都在细耳冉雨中显得那么安详

这些用山石围绕的碧蕊空天
像一面从不说话的镜子，穿透
岁月的河流，在阳光里
涤荡村庄的容颜
还是用泉水，熬蔚出来的幽蓝雅韵
内心却如大海般波澜不惊

不要和天空一般见识
因为，你不会飞翔
不要和大地一般见识
因为，你不是种子
不要和我一般见识
因为，我也无家可归

有人从你的身边经过，却没有停留
有人从你的梦中穿越，却成为风景

谁遇见谁，都是神的赐予

谁遇见你，都有一个回不去的理由

趁着大雪还没有到来之际

让绿色带你回家吧

这里，因为这里

是我一生致命的硬伤

遥远在遥远的村舍

风吟在大地的磅礴

大地在大地的景观

# 花海

你是宋词里出逃的
罗带轻分，香囊暗解
籍着兰佩紫、菊簪黄
蓝香芥携鲁冰花
娉娉婷婷地走在晨晖里

你是唐诗炫幻的明月水湄
胸口写满朱砂般的心事
钗头绾起一座座青山
碧玉葭苍在白云岚烟里

让高天与云朵
也交出赤橙黄绿青蓝紫
眉间，寸寸染透轻烟
枝头，相思粒粒饱满

直到青衫渐白，坐进
一片树林里，用几片
落叶，轻封了我掌心的纹络

## 伊甸园

你的名字，我的心事
因为有你，我喜欢上了一些词语
比如，最初和最后
比如，朝朝和暮暮

喜欢在蓝天下，云蒸霞蔚
画出山峦，画出松柏
植碧绿为疆
用透彻为你的幽韵做平仄

喜欢在夜色里
画月影影绰绰，倒影在周公梦的不醒
植北斗星为疆
用思恋为你的愁绪做偏旁
从一朵朵花开里取出心跳
趁相思地广人稀
带走几滴过剩的眼泪
顺着粼粼波光
徐徐降落

# 在伊甸园

在伊甸园，山被塑形成字
石头被雕刻成赋
草儿都是花开

爱就是这块石头
被风吹雨淋，也被雪花覆盖
承接归途，承载爱
也承受守候

语言是石头剪刀布
是山前桃花山后雪
是虢川河的清韵
是你，是我。被字形排列
词赋诗说

是方向，是火焰，是不落的太阳
不论白天黑夜
无论春夏秋冬

## 伊甸园的花儿

在这里，花儿斜铺了一摊的富丽
让薄雾与鳌山
相亲，相爱

我叫不出这些草的名字
也不确定是谁散发的
荷尔蒙，让一只蜜蜂
等着另一只

那些浮躁的粒子
绾起云的长发
指天为簪，喂养
爱的诗行

用阳光雕刻成村庄
用月色清洗篱笆和风声
把头抬得老高老高
迎娶蔚蓝里碧绿的公主
比石头还硬

## 伊甸园的爱

在伊甸园，爱是无罪的
一枝枝花儿
长着一颗颗自醉的心

无数的叶子
堆满了的誓言
用虔诚的高度
敬仰指点

写意的河滩
在蝉声里堆积起
一搂一搂的绿色
踩着蝴蝶的拍子
根植泥土

鸟儿能择枝而栖
云朵能随风而飘

牛羊能择泽而饮

蹚着河过着川

喂养爱的挽歌

风起，冷静地面对

雨来，沉着地应战

坦诚地接受日月的洗礼

即使冰冷的雪花，也期待

月光的秀场

# 弦湖照初月

在此地，余温尚存
空留了一阕的锦书
来暖生出的凉意

葭苍露白
七月七日的誓言
你赠我的碧玉簪还在

该不该穿过
荒烟蔓草，穿过
故梦箫声
今夜饮露餐霜
听一宿梵音
再去陪你

只是，思念的弯
路口，一千匹月光
独自觅着

# 夕阳

不愿看见你难过的样子
爱，不是谁都可以遇到

不过你别伤心
我会记住你的样子

前面的路，你我
都不会孤独寂寞
这里有最好的港湾

在这里
山盟海誓也显得苍白
因为心与心的距离
绝不是日夜厮守

即使是山的那边
我也永远等着
和你一起出嫁

## 等待大地景观

我是个无院落的人
我养过蓝天白云
还有弦月和星辰
我养过绿肥红瘦
还有翠竹和疏影

我还在春天
养过《诗经》里的桃
夏天养过《楚辞》的蝉
秋天养过唐诗宋词里的蛙声

我冬天只养等待
在一扇从未落锁的木门里
等春光的眼神

# 摩天轮

在天与地之间
寻找一个点做的平衡
让白天寻找黑夜
一不小心就被摇摆
看来平衡很重要

在苍穹里群视
在脚底下抬头
在藐视里寻找落角
在仰望里寻找希望，只是
不知道如何停止
周而复始地做着
就是做不到圆满

凡事到极致的时候
总有两个出口
凡事到了梦里的时候

一切假的那么真实
一切真的那么虚假
只有梦，是沉默的

只是，我不敢断定
今日的太阳
能不能东山再起
而月的圆缺早已注定

# 衙岭

在秦岭，可以让江河起源的地方很多
但斜谷古栈道和褒谷古栈道
分道扬镳的地方，却只有一处
路的这头是蜀
路的那端是魏

在这里，还有一个对视
有山的对视
水的对视
有青龙和黄龙的对视
更有文化的对视
常常与日月同辉

这里，还有躲避不了的宿命
注定让孤独的月牙一直陪着
那些撕心裂肺的吼声
已沁入寂寥的深处
定格在一树树的轮廓里

随风摇曳

这里，天地的几百分姿色
和着这山的高度
自然依托
方寸之间，便是灵魂深处的
来自前生今世的嘱咐
和一棵棵树的叶子碰撞
或穿梭于峡谷深处
或流向远方

只想让生命永恒的标点
融于这苍山野地
清泪一池，让爱
重新来过
或许说，除春天以外
这里的绿没有归途，这就是
这里思想的意义

这里，也是一种感觉
便是让千万次的回眸
被一地的景观取代

青涩的馨香
值得细细品味

## 汉湖

有人说，你是大地向天空掏出的泪滴
是游子向胸口掏出的故乡

也有人说，你是向失眠掏出的爱情
无处安放

还有人说，是你以雨的姿势
用一个岸
拴住一次次漂泊

而我要说，你就是一个湖
能装下思念的弯月
能存下远行的日光

# 关张赵马黄的雕像

一块原石，被岁月
雕刻成石像

是命过硬
还是风倒退
会不会得罪了谁
这样搬弓拉弦的
急在没日没夜的嘶鸣

我企图再听一次
他们的抱怨和唠叨
而藏在一本书里的
都构成了好多事想

我还想去量量
你们和栈道的步长
青山倒影

哪怕是见到他们疲惫的身躯
都成奢望

只有远去的魂灵
留下了，如玉石的玲珑
远近都在，寂静
围成的耳语，紧捂在步履声声

那些岁月的疼痛
在生命的尽头
都是源于白天与黑夜的相互支撑

日头下，所有的暗淡
无须岁月的凿痕
长天多长，不止于我的想象

自此以后，我不认识其他的雕琢

## 武士俑

它是青铜还是石头
都不重要。当被赋形
就已重新诞生，有了意义

在天地间，沉默着
尊贵与神秘
接受众生的膜拜

只是，你听不到它
真实的声音
踩不到它的疼痛
也摸不到它的软肋和泪水

它是完美的、永恒的
它就是青铜，或者是石头

## 大风车

写下云朵心动，注脚
青鸟栖上枝头
画轴装载在浮游
带着前生的唇红

站成一朵花的姿态
盛开在静静等待
只是将所有的故事，投在
彩霞晚归，投在
不管不顾，拂过
哪里都有牵挂

勾勒出的晴空，奇妙在
时而温和腼腆
时而热情洋溢
来回都在仰望天空

迎风，望断旷野
而立，披上轻纱
静数着“我等你”的一分一秒

撒开片片云锦
翻起层层碧波
耸起重重峰峦
在羞涩里
你来，刚好我在

## 路过大地景观

路过你，任何一个
文字都不是最好的解说员
你在或不在，葱茏都在
魂，随花香去了
入口就是绿色
日子都是斑斓

一个人，也是一缕阳光
一缕炊烟和一块田地
山坡上，都有露水打湿的诗句
托着草尖，落在田地里

通向山野的小路
不止一条。被炊烟一节一节拔起
风、云、溪流、田埂、山坡
山峦，接踵而来

一个芽，一个蕾
一棵树，两棵树
一面山坡，满是山坡，满山都是树木
一棵禾苗，一块庄稼，方圆数十里

如果你置身其境，那些沟壑
汇成的溪流，一定
承载着你的生命，直至
所有血液的流向，途经心脏

最美的，在林里
是透过晨曦的露珠
嬉戏在闪光的枝头，与叶子跳舞
清新微甜

这里的一切，终于泥土
都不再生脆
被潮湿温润，开始
根芽孢子都在向上长
土里所有的活性物质复苏
像婴儿一样
在赖以生存的母体里伸展
直至长成自己成形的模样破土而出

蓝色的衣裳
还带着母亲手织的摩擦味
而父亲那双勤劳的手
余温还在
肥黑的地方，烟火最旺

# 到大地景观

到大地景观
没有你幻想的艳遇
秦岭伟岸的身躯或站或卧
每道弯、每道梁
都似曾相识走向这里

到大地景观
没有你想象的大河奔流
茂密的森林覆盖下
淙淙涓涓的细流源远流长
都清凌凌，甘饴味甜

到大地景观
唯一令你难忘的
必是这里的空气
纯净清爽、沁人心脾
让你酣畅神怡

到大地景观
没有你想象的千姿百态
这里除了偶尔开的花朵
都是墨绿浅绿在相互交替
连小溪里的汩汩泉水都碧绿幽幽
骑在蔚蓝穹苍的
白云上不归

到大地景观
没有你想象得这么简单
一切是静的，静静的
风忘了云的纠缠，在小草绿叶间
花忘了开的季节
蝴蝶和蜜粉也忘记了回家的路

秦岭中有的这里都有
秦岭中没有的这里也有
这里有人与天空对接的摩天轮
还有让春天不走的风叶天扇
所有的都是让春天和秋天对接

到大地景观

你就到了幽恋绝谷
那么多一栈一弯的密窄小道
一个门一个门牵着的
环形天桥
你就是有多少个情爱佳话
都是圆满

到大地景观
你就走进了森林
抚摸一棵棵树就像久违的朋友
无言的山多像沉默寡言的父亲
无声的水就像慈祥善良的母亲
令你的敬仰之情
油然而生

到大地景观
你才能明白
我们都是大山的孩子
从山中来都要回到山里去
她才能安抚我们的失落
安放，久别的心

# 慢行道

在绿色的子宫
似蛇形布阵，让鳌山穿梭
却从未顾及我
碧水的荡漾

随蝴蝶培育的风
与影子同行

# 三、翠矶山

# 翠矶山行

在这里，山有山形
任雷电雨水劈打
从不挽留人间的情爱
如雾岚抵消的回声

坡有坡形，每棵
树木，都长成山势
随山形延伸

鸟都有形，鸣叫都
弓着背，驮每条曲径通幽的小路
入了山藏的花开

满山满坡的小草，都长成你我
为虚空而缠绵

只有台阶，弯腰行走在山地上

把更高的葱茏
让给了我们

只有云海，想给每棵树木和小草
安上翅膀，让它们飞向天空
不再为石头牵绊

在这里，再傲慢的世态
都颔首低眉
躬身潜行

在这里，摘星楼在天上
从不惧怕雷鸣
常常伸出手臂、腿脚
在石头中打坐

像每位上山的信徒
怀揣一棵棵树的尖锐
让起起伏伏的花香
小腹平坦的野草
向鸟鸣的峡谷妥协

只是晨暮，有些匆忙

忘了撤下，虚妄之徒
登天的梯子

在这里，风是踢走圆的石头
坐在金、木、水、火、土的亭子里
谈雪花月夜，看山下
蓬松的庄稼，让勃起的绿
依偎在田埂的怀中，被上下移动的身影
磨得凹凸不平
天为帐，大地为床
平息狂躁，鞭击寒暑
吐纳日月昏晓

在这里，雨是沧桑的道具
静悄悄的萧蔷里，聚拢起云的
愁，淋漓的心事
渐渐模糊，发酵出一段段芳香
随万物毓秀。让红尘
在此安抚，世俗的遭遇
都藏掖在小令的平仄里
在岁月寄居的拐角
闭目，侧耳，聆听

在这里，天地华宇
把人间所有遇见
穿越。迸裂的天缝下
雨丝常常的飘来，弥漫
一圈一圈的束缚
吟游的瘦笔，腾起
意念，润浸在苍穹

在这里，山在我的头颅上
我也常常站在
它的头顶，为大地
谢尽虚诳涛声，也为我们
生根了温良，隆起的胸膛
纵横在，神闲气定，开合在
岁月的涌动

在这里，深谷的鸟鸣
安抚着过该过的河
爬该爬的坡，穿透
森林的最高的墙，叫你难辨
哪方为前世，哪方是今生
听不懂的谚语里，藏着一个
关于神仙的梦

隐秘在一幅幅水墨画里的
村庄的炊烟，让每一个晨昏
爬过心的高度，俯瞰
渺小的花与细微的草

在这里，欲望的山谷
荡着，攀爬的呼吸回声
连绵在波峰的血脉里
遮蔽了眼睛，任时间
静静地收割

这就是翠矶山，是石头
长大的山，高高的
是我的头颅

# 在翠矶山

## （一）

从坡口走向山顶，我比
爬升的炊烟更慢
越往上走，山城在瞳孔里
越小

山坡上的青草，肥美而柔软
适合放牧星光和白云，也
适合放牧视线

山坡上的树木，高大而挺拔
适合鸟儿栖息唱歌，也
适合遮风挡雨

看清风放下皮鞭，吹响
自己的青葱，旋律从山坡

给远方和泥土，铺一条
长长的路，提走了
人间喧嚣，万物
皆复平静

（二）

生活在岁月的排序里
又将我与它交集的重心，安排
在山顶，像一粒尘埃
向是未曾抵达的故乡
低下头颅

那些被炊烟拥抱的身影，相逢
昨天的记忆，明天的受遭
我无从知道，是用泪水腌制忧伤
还是用方言探问归途

山林小草踏出的溪水
在季节的守望里，一头
是我伴守的家园，另一头
是我的故园，泼了
一路叮咛，湿了

## 两地相思

而我却时常惴惴不安的
生怕一阵风，会将我的思念
移花接木，与阳光和雨水
也与人的目光，如同我
终究背叛不了每一天，与
我的亲人，还有故园、老屋和柴垛
都在一首土诗里闲坐，静立

人间悲喜，还躲在抽屉里
追忆往昔，而我只能
把树枝写给明天的信，交给
几朵低低的云

## 翠矶山在高处

一声比一声更猛烈的喘息
是我在攀爬。翠矶山啊，你正沿着
云岚，攻打我的肉身

我怎么敢向你发出挑战
怎么配做你的对手
每一级台阶，都是你
潜藏的修行

我不应该越过自己的界限
一次次的上升，远离
窥视，每一根草都是
鹰的翅膀，叩问

给我些力气吧，峰从四面八方
滚滚奔来的是安在头顶，一道道弧圆的
闪电，是千军万马的奔腾
顶礼！比寂静，更缺少声音
的深远

## 日出翠矶山

你是山，更是
天空

如果没有你，神一样
在天幕上显现，我凭什么
一寸一寸抬起头
把目光放上没有樊篱的高处
寻找一片额外的天空

我不是诗人，赞美不了
你的耸立。与你为邻，为先
是一种照耀

眺望。就是你的存在
现实的存在
托起了云，托起了我
托起了一顶顶霞蔚

# 摘星楼

你是不是最高的楼，能不能
摘得天上的星星？我都
执意臣服。除了你
这世界谁能让我
如此低垂

其实，你只是一些
石头、泥土，高高在上地
引领着天的元素

不知道为了什么，我
特别想在你的头顶上
再安放一块石头，或者
一把泥土，被一首首诗垫高
成最新的塔楼，最新的
增高

一闪身，就走进了星空

# 藏经阁

“道德经”是我
从字典里找到的
虔诚、最顶礼的文字

你怎能隐藏得这么好
一座山脉，搂紧另一座山脉
安静得像消失了一样
背后，是石头变成的字
石头变成了人

石头托起的楼阁
带领着成千上万吨的石头，垒成
地角方圆，用身体的质量
丈量着大地的准备，求证
自然法同

从石头里抽出丝丝光亮，告诉

世界，天下、苍生

规则次第

经幡起舞，让大地无法

等候，天际间的

距离，与宇宙盘膝

对坐，没有永恒

## 翠矶山的云海

### （一）

从清晨到黄昏
常常在爬山顶的坡上
看一朵朵云飘过

云，是我的过客
沿着自己的方向迁徙
常常与我重逢，也
常常和我同行

来不及掏出纸笔写赞美词
它就被风误读
多像走失了家的雨
只留下洁白的影子

其实，它也把我当作过客
飘过后就遗忘

只有我，忘不了
太阳、月亮、星星
留下来的脚印

（二）

是老树的守护者
高过炊烟，高过
蹑脚而来的节气

给时间打上一个又一个封印
与风水预谋着放缓的年月
给天空一句句颤音

领着青翠和天蓝，窝藏着
生命的念头，让往事
在天空攒积

在北风和逆云逼近的时刻
顷刻之间，就投撒了
清瘦的忧伤

醒来时
故乡已是大雪纷飞

# 翠矶山的槐花

五月，翠矶山的槐花
在白鸽子水烟的山间飞翔
甜蜜的声音，回响在
满山涧道，敲开了
坡道小路的味觉

蜜蜂携着翅膀，驻足
深听，嘴里一直
含着口水

蝴蝶枕着梦幻，携带
陶醉。在云朵的
怀中

其实，槐花并不风流
只是收集了雨水，喂养
月亮落地的碎银

一瓣一瓣的

飞翔

把大山的厚重，留给了

唐诗的格律，写下了

三生三世的木语

临摹着宋词的韵味

# 五月的翠矶山

五月的翠矶山，依然善良
因为从骨子里温暖了

这个随心所欲的春天
让我从月亮背面而来
像赶集一样来看你

看你，见春草长
草长一寸，想望
生一寸

看你，从枝头丫杈间的
鸟巢里，掏出心窝
借绿叶包裹

望你的生长中
母亲的唠叨又发芽了

嘱咐在添加

看你的容颜中
父亲佝偻的身躯又矮了
驼背在弯曲

小路弯了又弯的前方
思念长了又长的旧地
山生长的走势
让我读出了，你的高洁
也装下爱你的我自己

# 四、黄柏塬大箭沟

## 大箭沟的水

在大箭沟，你不用抒情
那些峭壁，那些树
那些藤，就知道你来了

它能听懂你的话
它让风来迎接你
它让一条溪水为你指引

它知道你的迷茫
给你足够的高远和辽阔
它知道你的悲伤
让你读懂它满身的岁月
它知道你的彷徨
会让一条小径扶着你
去与星星和云朵约会

它喜欢柔弱

就如一捧泉水，薄薄的

薄如一片树叶

在石头上发芽

# 大箭沟的路

是燕子，随了松涛
一次次沿着岩石攀爬
一只只蝴蝶，让青草低垂
风，跟着更远的风
有了雨水的重量
途经的地名、人名，被兵分数路
春和秋，各有不同

它喜欢出发
喜欢跟着太阳出发
跟着鸟鸣出发
用星光唤醒黎明

## 行走的大箭沟

每次去大箭沟，我都会写点小文
长的、短的，就像要把
大箭沟，截流在一首诗里

写大箭沟的文字
就是我和大箭沟同步
就是读大熊猫、细鳞鲑、锦鸡和羚牛
读红豆杉、山茱萸
这些足以让视觉打开，抒情

每次去大箭沟，我也像
行走的大箭沟，缓缓地在石头上
滩涂色彩，流淌
会有旋涡，会有辽阔
会有一朵一朵的云，扶着
一起晚归

# 大箭沟的阳光

在大箭沟，你不能只说阳光
还有山歌在溪水，被一根根竹篙
挑起绿色的帘幕
山花烂漫在明溜溜的酒香中
爽朗的笑声穿云破雾
穿破玉米、高粱、大米、大麦、豌豆的胎胞
熬制的红尘三千
弱水三千，绾起我的长发
同天上的云烟，托起
一条条河谷

## 大箭沟的颜色

几片绿叶，几只花骨朵
坐在一句句歌词里
举高头颅张望，却挽留不住
一轮艳阳，放低目光
像歇鸣的丽鸟
探着双手，刨土追香
也在等影子走进水里
从沸腾中获取
瞬间的安慰

# 大箭沟的云海

把额头贴在风
驶向无际，驶向
空境的怀抱
散着绿色的微光
飘出鲜嫩娇绿的梵香

撩起天的心事
在和雨滴握手
盖成一个个家
漫漫地长成距离
又双双回眸

把心摇在岚烟
贴着大地，贴着
旷野颤动的心，和着
宇宙的弦音，在海水般的
蔚蓝下缠绕，放飞

驰骋地腾起

数着月亮，数着星星
常常被一片雪花
守着时间的束光
把大地，推向诗途

剥落，在故乡之外
归来，在尘世之外
留下碧毯，留下一缕
幽幻的缥缈

## 大箭沟的潭瀑

恍如从梦中跌入了现实，俯身
满山的青竹翠绿
一节一节，向天空
搬一架天梯。让那些从天空
下来的人，抱住老泪纵横的
小溪。给荆棘、草叶
在河水一路的自己里
让无家可归的云，都有了
去处

## 在大箭沟

你来到这里
能听到清脆的鸟鸣
在清澈见底的河床里
见到细鳞鲑、娃娃鱼
你沿着蜿蜒曲折的河谷
浓密的富氧粒子
湿润着你的脸颊
大熊猫、羚牛们
和你结伴同行

# 大箭沟的云

在大箭沟，你可以随意截取
一些虫鸣，一阵鸟语，甚至
收拢石头上的兽迹，就是不能
喝止打水经过
它流动的声
包括云朵的涌
喜欢跟着山的峰
一刻不停地
度着自己

# 大箭沟的石头

在大箭沟，石头就是信仰
这些来自第四季冰川时代的英雄
一块抱着一块，贯彻着决绝的信念
听阳光的召唤，听雨水的话
穿着彩衣，看种子们
生根发芽
只和天空论高度

溪流温软得像白云的泪
让娃娃鱼着床
让细鳞鲑回溯
说着只有唐朝才能懂的方言
迎接，落荒而逃的
傥骆道，挽救一个王妃的
笑容

# 五、在虢川河

虢川因为出土的“虢季子白盘”而得名。相传虢川原是周朝的一个诸侯国，当时受北方少数民族猃狁的不断掳掠，一个叫虢季子白的人受周宣王之命开赴此地与猃狁一战大胜，周宣王就铸青铜器“虢季子白盘”以作纪念。此地后来就叫虢川，河就叫虢川河。虢川河东接汉江源头众多的小河溪流起衙岭沿鳌山北坡聚众水向西至牛家沟河后流入红岩河入褒河一路向南入汉江。

# 虢川的风

——晨信步虢川河岸，阳光正好，我亦正好，只是风不太善良

一块一块的风
连着我的骨头
在河滩打坐

把白天打磨成岩浆
被太阳淬火，煅烧
把黑夜打造成锋芒
陡增硬度，敞亮

从初一，到三十
是另一种辞色

也不用怀疑
一朵一朵云的轻柔

刻意谋划一片霜野

或置办一场仪式

注：传说虢川的风从年初一到三十只刮一场。

# 秋在虢川河岸

——早上在虢川河岸边散步，看到晨风中山的霜白和落叶松的黄半遮半掩有感……

在这里，没有什么是不可原谅的
那些惊疑不定的云朵
携带着露珠投奔到山上的峰
用倒下的身躯
诉说着它们没有完成的愿望

天，死命的蓝。蓝出
皈依般的纯粹
不染风尘
如我鬓角的华发
相拥着山岭的须髯花白
一路攀高

还有那个叫菊花的姑娘
披上灿白或艳黄

对着路人怯声怯语
将一件件乡间物事
交给凉风卷走

这是不是土地的意图
像一只倦鸟
翅膀那么重，归途那么远
只是落叶过于颓废

这是不是神的旨意
秋甲一地
辎重寻轮辙逃遁

像父亲踩着自己的影子上山
把天空赐予天下的孩子
下山时已是日暮
是他的脾性

人间本就是一片辽阔的牧场
曾种植过大片梦想
也曾收获过几份愿望

此刻，只有我一个人
在这里，把自己交给冬天
终点也在这里

## 在虢川河修行

在虢川河岸，秋已被风
剪为一弯月白
似从容赴死，又似寻觅归途
亮出了底牌

河水也在窒息中
悬垂着洁白的肋骨
弯腰屈身地
抖落征尘

一排一排的树木，被秋出卖
光着膀子，跳进了蚀骨的冰凉
卸下成吨的念想

只有满滩满岸的石头
以卑微的名姓
把风雨无法掩盖的古往

长成光亮，也长成王朝

生长，脱胎，又生长

丧失的

是一些尘埃

# 虢川河的冬立

在虢川河岸，草木都进入了休眠
只有满滩的石头
推着风干的季节
在冬天来临之前
用握着风的手
握着霜白和孤傲
不知道何方是灵魂归地
不知道谁在读谁的斑驳

没有人守着岸堤，等日子走深
也没有人会给自己强加一个
莫须有的罪名
守着自己的倒影
把天上的云朵视为远亲

日头是被鳌山托出的
每拔高一厘

它身体就重一分
读懂晨曦，读懂叶片上的霜露
成了统一的发型

没有什么可以阻止寒潮来袭
早已着陆的种子
期待在冰雪覆盖下
孕育新的生命
羞涩的表情，是草木的初心
也是土地的性情
不忘桃花的辞令

忘了那些伤悲的话语吧
就像忘了所有的不快
找到旷野虔诚的祈祷
雪花的坚守

# 虢川河在下雪

在虢川河，雪是不死的。是石头
动了的凡心，是天空噙住的泪
虚幻得像能抹去苦痛
就像那么多个我
汇聚成今天的我
和流水论去向
落得再厚，也无人打扫
将寒冷带向永恒
孤僻，任性，独来独往。虚伪的
笑容，有着不可告人的秘密
凌厉得越来越迟钝
把风的力量牵引成
没有岔道，并不曾存在
包括我像离开了人世很久的人
满载的都是宿命
只蒙对了
黑夜更接近黎明
却说，自命不凡

## 虢川河还在下雪

虢川河还在下雪
它不下雪就不叫虢川河
它是白天黑了地下
黑了明了地下
明火执仗地下

下没了日头，没了星光
只剩光秃秃的树干
散乱的脚印，全白了

你下的是窦娥那场雪
还是虢季子白盘载不动的雪
按下了天的开关
该扔的和不该扔的都扔了

你安顿得了岸堤的思念吗
还是能承受多少溪水

取走了山的骨头
成了最大的谎言

没有一身铠甲，我怎敢
拿风试刀。谁被谁逼退
还不一定

## 在虢川河岸过冬

在虢川河岸
有风刀留下的疤痕
裹着岁月的肌肤
从寒冷的空气
捡拾云雾里的星星
也有无法掩埋霜染的悲凉
白云追赶着鳌山
就这么一直望着
像望你，被一棵棵穿过蓝天的树
划破清脆的鸟鸣
连接着时辰逐渐变白
昼短夜长，替天空把向
看楼群耸立，替岁月缄默
擦亮去路
还有华发穿越栅栏的双臂
想拥抱河水剥开雾霭，不停地寻找
寻找那伸向山林的脚印
日夜兼程

## 在虢川河种雪

我已在虢川河种了寒露。霜降
也种了立冬、小雪
我今天就种大雪
在大雪里红梅姑娘才来
是不遮羞地来
我不种归隐，也不种过客
想归的已入土为尘
想漂泊也不再年轻
我也不种白天、黑夜
我只在虢川河种雪
只有雪，能够医治一切失望
只有雪，才能把春姑娘
引向草木的枝梢
用一张大笺，收集所有的单方
拜将封神

# 雪在虢川

在虢川，风牵着雪

问诊鳌山，问诊天下的路

替那些被刺痛的约定

替落叶和枯草

医治落下的病痛

把一路的磨难和经历，藏进

一纸关文

替天行道

## 春雪渡虢川

在虢川河岸，雪像饮酒的醉汉
不知情深几许
不问三千过客
使唤醒的草堂
拖起天地的独白，长起一座山
卸下一块地
写下一串串姓氏
求教往生的纸牌
普度众生
却不度草木
秩序潦草

是冬有颜色，春有
底牌，替天地活着

## 在虢川河岸看云

在虢川河，云像一块手帕
把不可具象的鳌山
包成风向，只管向南
像个英雄

没有人否认，它每天都在
沉默中坠落

现在，它就站在山顶
将多少事挂成一幅画
想见的还没有见
失去了底线

如果非要找出
彼岸，背影
就证明与你我有关

就这么近
最终，与今天无关

# 漫长的虢川河

仅一场风
便把虢川河
吹得一干二净
让石头披上洁白的婚纱
等待春姑娘的迎娶

最经不起阅读的是河水
也长了一头的银发
等待基因的突变

就像我一样，天天在岸堤
看天地，被黑夜占领
看鳌山，终年白雾缭绕
实在是有些漫长

# 不动的神

多么幸运，我还在虢川河
看那些带露的嫩芽、荆棘、鲜花
捎来的千叮咛万嘱咐，佩服
砌河堤的人，站在冰冷的
河水里，同坡岭、急流、栈道、拱桥
把自己也当作石头

我更佩服那些石头
甘于在河谷底、岸堤
面对众多的
急流、峡谷、河道、险滩
把一生修成正果，成为
请不动的神

# 在虢川河种星星

我想给虢川河种颗月亮
把河水变成月牙，上悬挂在头顶
下悬留在心头，收割
所有的光亮，堤岸，归来
月圆时都能见到亲人

我还想给虢川河种一颗星星
是被北斗多一颗的那种
就是父亲从小指着满天的星星说
那个叫“生”的星星群
常常托着个小尾巴
父亲说，找到那颗有尾巴的星星
就可以找到咱们的家

## 在虢川河岸看雪

我只能在虢川河岸看雪
看云朵盈着不滴的泪
看山在雪花中起舞
看黑夜牵着白马
满滩的石头跟流水说话
看白天用最短的时间，扛起世态的
真相，故乡沉睡在无字碑
迎着沉重的脚步
看母亲在大雪前才撅地里的雪里蕻
母亲说此时的芸芥就没了苦涩
腌在坛子里会吃到来年的春
看父亲拉架子车，正往麦地里送土粪
父亲说地冻车响，萝卜正长
那个经过霜杀的白萝卜啊
比彬州的梨还甜
看不改姓名的大雪
给大地授勋

# 六、在天圆地方

# 太白山的风

常常睡在一枚枚树叶里
藏着，星子和夜

背起一座山，放下一座山
领着鼓噪的思绪
向树木请辞

归来，喂养着数里见方的孤独
离去，画出一道道生门
出发，不带走任何躯体

而立后，把陌生
塞进生活，张望
一个个薄若影子的少年

用微笑，维系着
不悲不喜的四季

遮盖不断放大的冷漠

如果非要说出其中的意义
奔命者，永不停歇

# 太白山的天空

这里的天空偏爱蔚蓝
偶尔有鸟群经过，落下一粒粒倒影
寻找失踪的自己
如同来往的行人
在深浅不一的脚印里

白云是这片天空豢养的孩子
越过任性的青春期
瞰视着这片土地，识破
草木的荣枯，有时候
也怂恿老天爷
降下一场雨

有时候也像一把铁犁，将天空
犁成两半，载着一朵又一朵云
难以揣测的梦想，远行
一半是悲欢离合，一半是

阴晴圆缺

如果你一个人来到这里
必然会陷入更空更蓝的孤寂
好比一滴泪注进大海
被无边的绿味，瞬间
吮吸溶解

# 太白山的雪

如果只能用一腔思念去
陈述太白山，我不得不承认
雪，就是我的诗文
从一个沟壑到另一个沟壑
从冰雪融化，到冰排奔泻而下
从石屑落地，到方言高出尘世
高于时间

在乡愁被囚禁的日子里
我只能用思念小心地擦拭着
大雪封山的日子
将白云许愿在炊烟升起的日子里
然后拥红泥炉入怀
把那些快乐呈供给纷扬的雪花
让“山”字成为梦中的身影
成为我回望家乡的路
和疲惫时的无眠

看天高提前输给峰峦

树梢，压低在河沟的溪流

树根，扎住在山坡谷畔

让晚风和线装书聊着天

时间轻轻合上晨曦的泪痕

晚霞筋疲力尽地洗绿着大山

一边是一望无边的辉煌

一边是道不完的沧桑

书写着最后的安静

## 在天圆地方

在天圆地方，云是更高的山
引颈季节的悬崖
横穿苍鹰
向纵深处膜拜

风起处，雪与山齐名
替天空悲悯，替大地凯旋
看山不是山，看水不是水

故土，如同站起来的父亲
在奔跑的路上，傲骨铮铮
看山还是山，看水还是水
乡音，在更高的云朵里
拉近炊烟归路的脚程
在屋顶眺望

那一树一木的诗意

徘徊成一行又一行温暖的散句

骨头里就生慈悲，无须赞美

可期可待

## 在南北分界线

在南北分界线，潮声是滚动的铠甲
天是倒挂的水
是直立的头人
石头是谎言的溪水
月亮是奢侈品

云起处，有过雨声
归隐的草木，告知风
雨燕曾在我黑发里筑巢

每块被轧过的石块，都有条
深不可愈的伤口
更适宜直白的爱
更接近生存的真理

石上绿苔，似马蹄的回声
和青石板由远亲成至亲

从石缝里舔自己的伤口

虽有与仙手谈，也可摘云憩
但独爱翩翩绿衣
做一方守土的将军

只有草尖上的小月亮
洇开了草木的辞赋
又薄了一春

# 神话

——在 3511

四周的山，簇拥着
季节的深处
渗出一道灰白

太阳远去
雾扩散，如涨潮
路不见下落

石堆如栈道，扶云似剑
追赶天上的月亮

只有神话在耳边
一次次借着光
洗却忧伤

# 陨石堆

像失却的家园
心所及，空寞野漫
转眼，震落秋叶
站成一尊石佛

像光年的仇敌
忘记睡眠
死死盯着无辜的天体
砸下，愤怒的火雨
严寒酷暑都要扛着

像宇宙感染的天花
安放毁容的噩梦
任刻刀雕琢
扎了根就不动摇

连着深浅不一的脚印
邀雪共舞

# 七、云端上的村子

## 白云驿的天空

我写到驿站、栈道和大山
一抬眼，就看见千军万马驾驭一阵彩锦
八百里急书，比风
率先抵临

当我再次写到落日下的烽烟，写下
灵魂，当它比语言更瘦时
只有白云，在天的版图上
横冲直撞，风过处
是我的故乡

只有红岩河在记忆中悬起，又从
记忆的断崖处，直泻而下
向历史的深渊飞奔。打开落满厚尘的
竹简，仍能翻出
一朵朵有象征意义的浪花

如果你读不懂我的目光，你就

来这里，千万朵

云，执行着天神的命令

在这里的天空

# 白云驿的云

## （一）

一片云，背负行囊
收走所有的尘世念想
不离不弃地与我流浪至今

有时候，以飞虹的姿态
身凌绝顶，比羽毛还轻
裹着雨滴滴而下
重不过一朵浪花

有时候，我从睡梦中醒来
聆听清脆的鸟鸣，以及窗外
晃动的枝头，陪伴每一个
和我一样的人，唤醒
沉睡的灵魂

收走，这里的尘世，芳草
静静的都是心跳的声音

（二）

与大地无关，身体里埋伏着
热烈的措辞，更不惧怕
在暴雨中被淹没。浓重时
有蚂蚁向高处迁徙

翻腾的阵形内
风声在前沿探情，也在
纵深击鼓冲锋。大地上
草木皆兵，葱茏
在摇旗呐喊

与记忆有关，常常在故乡屋檐下
弹跳，起舞。替想念的人煽情
散发着泥土的香味
一眨眼，就被浓浓的
雨雾淹没

轻佻地打着滚儿，戏弄月光

唤醒了嗜睡的大山，唤醒
虫鸣，星芒洒在从泥土中突破的
草尖上，比梦
更虚实难定

## 白云驿的唐槐

这里的大地是收藏家
收藏诸多的雨雪雷电
诸多的时光岁月

栈道、驿站、神泉、黄龙洞
让我寻找，寻找每一缕月光
寻找梦里的大唐
寻找大槐树上敬德将军拴马时
绳留下的印痕，与
诗行漫行

阳光下树枝不停地摇曳
叶子翠绿欲滴
身子笔挺壮实
飞奔着和我拉近距离

触摸它青春壮硕的身子

看看它脂涂腴厚叶子
感受它带给我的传奇
可是无论我怎么努力
就是有段不可逾越的距离

一千四百多年，让时光
为我暂时停留，让我与唐朝
第十一条好汉，握手言欢
我抬起头，欣赏这棵带有光芒的大树
寻找我千年的影子，寻找
遥亘千里的梦

都是心存胆怯
是你坚强的命脉，是
久远的传说，铁马声声
都化作了你的灵魂

你澄澈的眼眸，唤醒
大唐盛世的再次被超越，迷失的
旅程，在灵魂的爬升中
精神从未腐败

于是，我放慢脚步

在寻找中，你成了我

心中独有的风景

注：相传这棵大树是唐朝大将军敬德路过白云驿站休息时所植。

# 白云驿站

仿佛，是一名将士
箭利弩强，刀闪雪光
守护着，古老的栈道

举目放眼，曾经红岩河的泪流
堆满原野难闻的焦色
堆满胜者王侯败者寇的焦虑
堆升起的狼烟，涂满了
苍山滴血，星河灰暗
妃子一笑还

七出祁山，木牛流马
众生飘零，地狱的殿堂，仿佛
开设在了人间
只为王者的江山

苍天呜咽，大地蒙冤

多少男儿，喷出一腔热血
用裸出的筋骨，竖起一道道钢硬的屏栏
斜谷关外，春风屡屡走过
褒谷关内，岂容他人践踏、把玩

只有大山袒露的身躯
逼退了风云战乱
千里黄沙，孰与诉说离去的久远
时间的车轮，碾碎无数的痴梦
岁月的风雨，仍洗不去沉积的伤痛与遗憾

明修栈道、暗度陈仓仍在歌
巨龙飞起、宝汉高速通天险
数风流人物，看我
今朝河山

# 舍身崖

用皇家独有的庄严
为你加冕。只是不知道
那一株株纯朴的翠绿
是否忘却了（皇）贵族的内敛

金灿灿的皇冠，还都佩戴着
额头上的渲染
依坡罗列的歙砚
都婀娜着英灵的婵娟
在每一平方尺里的生宣

摇曳生姿的心
在摩肩的耳风
只为，等待有分量的诺言
情愿舍弃魂萦梦绕的忐忑顾盼
跳下万丈深谷

当水做的月亮沦为情痴
你拿什么拯救自己

## 修仙洞

捡一些散落的诗骨
看日月舔舐的山峰
沸腾中，那些如烟的诗人
都在石洞修行

依旧打坐的峰峦
揉捻着烟岚云岫绵长的胡须
凄迷与小路，清醒与小路
茫然与词牌的心绪
在记忆里乱云飞渡
风光临摹的黑白色
还在尘世的眉头踯躅
迷途的一行行惆怅
怎能缠绕着一块石头
寻觅归宿

心间的小路，惝恍地茫然着

三月词牌的心绪，在记忆的
绯红里，乱云飞渡

钟声凄艳，山麓铺满残阳
险峰这边是断崖处，那边是望秋月
正与往事过隙白驹
解析着墨客染血的诗句
推开壁石
不去想花径的寂寞

## 庙宇

丰腴的墙，浓黛的瓦
把一种黄衬托成绮靡

素尺上沉积的措辞
让囚禁一弯残月
反复试探的心思
怅然失若在销魂的画面

仿佛觊觎到天界的影子
每眨动一下，混浊的心灵
就会接受一次洗礼

天上人间的悲喜
一半挂在天宫
另一半留给了寺院
将我梳妆、酝酿成诗词
只是粉饰的太多

## 青峰寺的栈道

沉默不语的石头
正匍匐着，从古走到今
为寻觅生灵的正果
刻录下锋芒碰撞的呻吟

每一粒水分子
都是一位虔诚修行的人
或是无数僧侣圆寂的灵魂
打开通往天界的门

每一片凹凸的叶脉上
撰写着春秋探讨过的脚印
将英灵公主的眼泪
倾泻成河。苍穹着
无尽的叹息

操着来去嘈杂的声音

数着数千年大山沉积的皱褶

惜别、哽咽。看群峰皈依

云不开雾，藤不蔓语

栈道上挂着苍老的寺庙

在这里

忙碌是多余的

繁华是多余的

一些人也是多余的

注：青峰寺是唐初皇家寺院，英灵是指大唐英灵公主。栈道是指斜谷栈道的另一个出口，是一条从桐峪沟经高马头到石榴山形成的一条可以穿越至青峰寺，从青峰寺往南翻山穿越，不经过衙岭而走上的褒斜道，也是古代南北交通的一条通道。传说这条小道是司马懿为探究诸葛亮是否在“方才关”诈死，躲避汉兵在衙岭的伏击而走过的小道。

# 舍身崖上的台阶

接风，接雨，也接岁月
接漫天普降的状纸
接世间的苦难
就是不接人的肉身
与深陷的空谷一起
被仰慕，被瞰制，被呼应，被孤立
哪怕你是王侯将相
哪怕是含冤千年
守着守不住的
以及前世留下的秘密
只有这一座山的崖面
在通往神灵的路上
还在为未来者造势
寺院的暮鼓梵音
不被石头掩埋
不会错过我们最后一行脚印

# 青峰峡的水

需要多大的辽阔、清澈
才能安抚、驻扎
一年一度，洄游产子的细鳞鲑
需要怎样的一滩浅水
才能让沉于溪底、蔓延石缝的大鲵
承担全部水域的重量
需要多宽的胸襟，才能平复、滤去
山涧的石块、杂音
将满坡的草木、河谷的秘密
据为己有。向云霭借道
伸出山坡的茎秆、枝叶
在这里起身，倾听
举手可近月。与光影构思
在崖石上着彩，在浮云间架路修亭，取景
喂养沿途的村庄，万千的生灵
每一朵浪花和停顿，溃口和漫溢
都在哺育、滋润、盘踞、蜿蜒

# 八、古栈道

## 褒斜栈道

是最小的云，托举这段路
这片山崖，托起最大的志向
在时光里眺望，在宁静中奔跑
高举天空，高举粮食和水
与大地相依为命
超越云，超越风
超越强食弱肉，超越猛兽
一队一队地出发，一队一队的强大
让前方的前方，所向披靡

还有旧址、锈器、飘忽不定的磷火
神谕，还有鼓角，满腹的绝响
还有箭镞身首分离的传说
以及太多无法传递的口信
重叠、迷茫。已经无人认领的
纷乱的往事，都在这里
清点，所有的山脉

所有的雨水和所有的草籽
所有的天灾和所有的幸存者

还有马队，已经入土的耻骨
还有坑、曾经掩埋的塌陷、驿站
沿途遗落的部落
在风干的栈道，无法丈量
是走了夏商，还是周秦
走了汉唐，走元宋
走过的万马奔腾
在木牛流马牵引的大营
在迷失的山峦
在满地的雪霜和秋寒
无法辨认

在红岩河一层层堆积河道
尸骨比石头河的石头坚硬
传说比褒河出生的女子美丽
在虢季子白盘里
不是一个轮回
也不是一次祭天的往返
在太阳落山的时辰
都是在等待日出

喂养大地和远方
让所有的生命都向生而死
唯有草，向死而生

还有这里的溪水，在树根下交配
在草尖上分娩，至高无上地
点亮一草一木
所有的土地，在根须的紧握里
再弱小都能生存
草的前方只有草，一棵一棵地列阵
不弃不离

让所有的风，跟随草的步伐，体弱的子孙留在半路
强悍的子孙
日夜兼程
让所有的思想都诞生在途中
那些厄运、那些截留、那些离群
以及那些掉队的人
响应草的召唤，高举远征的武器，像黑云高举雷电
高举旗、号角
给人间指路

把不可篡改的基因谱系、四季方圆

还原在原始生态链中，占卜日月，锐不可当

生生不息、永不停止地

长出一块草地或者一片森林

没有一棵树或者一棵草

是低头生长的

## 王家堎栈道遗迹

这里是古战场，是石头缝隙中
至今喧响着各样不同的回声
挑衅、呼救、呻吟、怒骂，还有战马的
嘶鸣，被捡起
那些被狼烟抹去的存在
被销蚀了的血液、骨头和粗糙的皮肤
那些无名的人，最终化作尘土融入山体
为沉默的痛感说出
他们已经尽力
都没有让险峻的顶峰为此增高一毫米
只留下我和我的沉默
以及我血管里的温热
睁着一只巨大的眼睛
那些未名的石孔、石柱
持久的伤痛让它们无法闭合
唯有忏悔和谦卑一齐涌出

当我站在山脚
仰视山崖上的石孔、石柱
肾上的腺素
便像那些打钎人
习惯了与遗址相依相伴
让我铭记那些
整日弓起腰身的人

# 标志石

这是一块石头
对着陡立的山崖
对着温热的泥土
一遍遍复制局势
复制啜泣、血腥、欢呼和呐喊声
那些人，那个朝代
那些流水覆流水
那些风嘶、马啸、狼烟、侧影
那些谎言编织的谋略
在白骨堆成的数字里
八千里的山河
划出长剑雄关
划出一草一木
划出歌谣和粮草。无名者
划成的风景

# 观褒斜栈道遗址

依山凿开的窟窿
在落脚上错排
250 公里，那得需要
多少年的刀雕斧琢
多少个石匠苍老在石崖上
多少块石头，把自己磨光
比神更有禅意的雕像
向高处行走

凿石架木，逐流水扎根岩缝
“三皇乘祗车出谷口”
火烧水激，挟裹风铺轨展迹
“夏禹发之”“蜀亦从行”
“春秋开凿”“栈道千里，无所不通”
“暗度陈仓”“六出祁山”
都成了这里一面面山的坡
为远去的亲人们

焚香，膜拜，祈福

只是，结局早已注定
石穴、石桩、石条，疾苦、残缺
不懂得躲藏，隐忍
还在雄辩中

其实，真理就是顺从

# 红岩崖

要写出一座山崖
与另一座山崖不同，不是容易的事
我必须提到一个山崖的名字，红岩崖
提到一条河流的名字，红岩河
在石头组合的质红里
让一些人生在这里，让一些人埋在这里
是一道山梁
一道站着的山梁
也是站立的秦岭
在它的崖面站着
一个一个的朝代更迭
也站立着一个一个朝代
站立着白桦、松林、杜鹃
也站立着我的父亲母亲
繁衍生息了许多年
从这个山崖到那个山崖

那些走在前面的人

那些跟在后面的人

说不清谁是谁的前世

谁是谁的来世

我私下认为，红岩河的水

比其他河里的水都红

流得欢快。不然它怎么会叫红岩河

为了到达远方，找到自己的岸

并非徒有虚名

# 插入山崖的石条

每一根石条
都举着一部哲学
都有来历和乳名
都凝聚着王的意志
把离别的词汇
让一场到来做证
书写着风萧萧兮易水寒
壮士一去兮不复还
是有多少水流声、花朵
如同真实的证词
以及脚下不知春秋的青苔
连带着那些元素
与天边的霞光一道
依然照在野外的山脊上
放下秘密，放下死后余生的
魂魄，自私，在石崖上开凿里
还装着滚烫的词语

是插在死亡与幸存者之间
供灵魂进出，替人间原谅
由死亡来建立，又由死亡来否定
是死亡完成了生命的另一种开端
伤在伤之处
自从它出现后
所有的石头都无须补钙

# 山涧的小道

这是山缠绕着，一座一座山峰
太多的失失落落
太多的悲欢离合
比小草还低，比蓝天更高
有曲折才有平直
有窄小才有宽敞
选择了，就不会后悔
一条足够我们终生去跋涉
把遗忘和未来擦出光亮
去开拓，去跋涉
让古老的爱
打破地域的界限。在这里
一代一代，在含蓄中释放
藏着，另一个，从不缺失的
真相。在大地上行走
越来越多的影子，奔跑
跳跃，寻找无数的脚印
把你搓洗得光亮光亮

向上，百折不挠，顶峰的风光最美
向下，柔情百媚，谷底通向精彩的外面世界

从不怀疑这是一条属于自己的路

# 在衙岭的诸葛亮像前

再也不用摇摆手中的羽毛扇
和风比画，惊动兵器
唤醒疲惫的马匹
熄灭暗中的光亮，摁住
锋刃里，挣扎的乡音
也不用诈降，坐穿
蜀汉的春秋，打开白布
遮挡那双让人敬仰
又让人崩溃的眼
所谓的忠勇三千里，在史籍里
被打成了活结
所有的峰山都放过了
走投无路的人。只有逃不走的岩石
沉默如初，像古老的疼痛
一直醒着，把灵魂不能
抵达的地方空出来
让英雄们继续领跑
一个紧锁眉头的王朝
任由后人评说

# 傥骆道

在人迹与兽迹之间，让顽固与执拗
埋伏在体内
在绝望与失望之间开出
山河本无牵连
卸了甲胄，却卸不了
时间越来越紧迫
危峦与深涧，也扛不起
一滴雨与一只小鸟的
哀鸣，古道的忠诚
天上没有一颗星星敢走失
蜀之道，神助。两千里路的
云与月，知道荔枝的重量
不能轻描淡写，迟到的
马匹、兵勇、驿站
白天、黑夜，在峭壁的悬崖上
留下。换马不换人的蹄印，呐喊声
与命不能相提并论的

秘密，没有人认领
走漏的风声，打探
长安城的欲望，连接
岭南，刻凿出
时髦的苗条

## 阴湾养马村

这里已经没有马群
只剩下名字，和追马的风
追踪着马的长鬣
在旷野中，带着泥土的气息
鸟鸣，带着雨水的腥味。
带着来这里的人，寻找安慰
那么多的走远，很远了
需要的一种天象，宽慰
飞鸟，落日
无故潸然的人，消失的马群
马仍踟蹰不去，低头啃嚼
爱已逝去。但仍留下
那些不顾一切的青草，深深爱过的人

注：阴湾养马村位于凤县酒奠梁，汉高祖刘邦在这里养过战马。

# 衙岭的风

此时，我只能把记忆定格在死诸葛吓跑活仲达
在廊檐画壁上，看记载过的经世风雨
在山石下，听一位老兵讲述那场战事
听大风举令点兵，暗施偷袭之计
从山里掘出穿越刀斧雷鸣
为一块矗立的石头编号，命名
按序列排位，撤退
用排比的方式，构设某一场战斗
以及一场风暴潮

只是多少年了
英雄们的身影不再，音容不再
许多陌生而亲切的名字
都刻进了石壁，写入了仰慕
乘季风，倾听
满目的松林
背着故土在山坡上陈兵
为日子淬出坚硬

# 下部

# 时光漫过

# 九、时光书

# 立春

我想用另一种方式
抵达，被冬打磨的树枝
多走一步。给母亲、父亲、故乡
磕一个长头
让月光，盖住暗夜，捂紧薄凉
对决北风。让该沉睡的，继续沉睡
那些不回家的句子，那些无法修饰的词
埋在草木的沉疴里
替更多的雪花
签收更多的梅花
替死后的冬，止痛散寒
给消瘦的泥土，铺上新一轮的
致辞，更多的奥义、更多的经幡
轻轻地来到
绿的门前

# 考场里的春天

这是走向春天的考场
这是苏堤上的柳絮
点亮春燕行程
这是太阳的视角
把前世欠债用桃花来偿还
在刚填好一阕的词里不敢入睡
这是寒冷劝不走枝头的傲骨
用点点的红燃烧冰冷的天空
试着走出一个嫩苞
把寒潮封锁进骨髓
把自己种在土地的
额头、胸口与掌心，守望
一粒粟，生发万颗籽

# 春语

草木由南向北，一步步刻深
属土的性格，带着
炊烟，带着诗歌
看阡陌交代雨的去处
任湿漉漉的脚步
纵横

清溪顺续着花香，在土地上
来去时，为整个季节谋篇布局
每一句不可复制的鸟鸣
都滴着翠绿
桃花并不是唯一的主题

流水酝酿着长短句
被独行的诗者提读成故乡
编按里，就是安置不下
乡愁

石头翻晒着族谱
被堤岸上的淘米声、槌衣声
签收着犁铧铁器，一一亮明身份
洗面，除尘

叶子凭感觉着色，比行走的
阳光还迟疑，缓慢
像是许多心事悬而未决，无视
岁月越走越深，剪辑
虫鸣几声，雀啼几句
并没有翻栏出走的念头

春风优柔寡断地，没能为人间
推波助澜，握住欲飞的香气
渴望一次次际遇
预习爱情

## 成熟的田野

风在拖延终章的时日
让一片陡峭的叶子写下
征服的句子，不要
长腿的文字，不读
风尘中的《圣经》，更用不着惊雷
劈开那块黑石。将一切不朽的智慧
披靡的谨慎

午夜焦灼地在炭火里
猎猎燃烧，让秋深的顾虑
蹩脚地藏躲。怯化、剥落
浸没在如痴的诳语
却不善于遮掩金灿灿的蟾宫
让诸多的尘劳，供我
重重栽倒

只有成熟的田野，包裹着
含羞，不敌人间的恳切
蹲下来抱着自己

## 乡音

追风的汉子，携着
王的江山，让山巅也
准备逃离

一帘花信子，乘着
月的暮色，让山石也
偷偷地撤退

只有秋蒿，摇曳着青黄
翅膀日渐坚硬

只有风，抓不住
升起的炊烟里，吹散在
到处都有喊我的乳名

只有谷穗，以最谦卑的姿势
等待镰刀临幸，从坡前
到坡后，从庄南
到庄北

## 故乡的油菜花又开了

一程一程的风，领舞着一片片油菜花
把故乡的消息
邮寄给远方的我
从房前屋后，到田野山坡
被“春天”反复利用

花香纯粹，蜜蜂登台炫秀
用翅膀告诉天下
春天来了。拥挤里
听泥土书写
苏醒，明媚，荡漾

那久违的琼浆，被一张张小嘴
挨着播种下温暖
落地，生根，发芽
一步一步抬高自己

满坡的青翠，专挑美好的动词

听云层，为老房子

添一茔新绿，张开双臂

就能飞翔

# 春雨

搁在云端，睡在天顶
唯一的遗憾是
不靠出卖漂泊的云
为生

把众多的我交出
也为各归其位
说出天空的高度

用最大的深渊
装着最小的善良

大地上的每一寸肌肤
都是它经营的诗篇

不需要表扬
本身就是对万物的嘉奖

## 春与故乡

念及故乡，一切便不能迟缓下来
那些比风还薄的冬天
怎能经得起笔墨的修饰

岸柳已撕开了滑落的日子
在夹堤的雪水里
用枝条抽打北风，拷问
春天的距离

苞芽浅卧于枝头，已被雀鸣认领
安排喜鹊登枝，像一壶
沸腾的开水，在声讨寒冷

油菜和麦苗，从不挑剔土地的贫瘠
倒在倒戈的东风中
在方言里泛起旋涡
在骨头上生根，结节

但我明白，月光的花瓣
还落在石头的碎影里，揭示
曾经的苦难

但我确信，这个季节
适合种植爱与温暖
任何一场风寒，都不能掩埋
春天的意义

## 油菜花

——观岐山枣林范家塬的油菜花开有感

一片黄土高坡，把泥土
变成风的模样，拍打着
金色的翅膀，准备
飞翔

炫酷的发型
押韵着春风
平仄着牛蹄，把大地
写进诗章

即使化作尘土，也留下
串串珍珠

# 清明

天色，迟缓。分不清
平仄韵脚，吟不出
旋律和节章

路上行走的人
已被记忆录制
那些善念的导语
与草木交谈

许多的灵魂，几粒赘字
匆匆步入天堂
在生命的线装书里
不知何处安放

日子，变得越发厚重
日晒，风吹，雨打，雪侵
都坚硬地活着

空白处，只差几笔暖风

黑与白，决不提旧疾
虚构不出一片草长莺飞
让梦起一层波澜

尘世浩荡，光阴散遣
绝望是一场修行
只为幸存者
施舍一份账单，替光斑
缝合一个日子

除了爱，世界
沉默不语

## 山醒了

春风还没有路过，山茱萸花就开了
每一个花瓣，都能读出
《风》《雅》《颂》的句子
坐满了枝头

春雨还未打湿鳌山，芝樱花就醒了
千万亩的花朵，千万亩的落红
就遮蔽了冬的疼痛，清苦
平和依旧的呼吸声
漫山遍野

不谙尘世的溪水，在山深云隐处
不滟不潋地就与一朵朵野花
小草的根茎
相互待见，相互关照

锦鸡打着诳语，熟读着

田野的豆荚、山坡的陈果
啄食剩叶
尽管让绿漂亮了旧衣
宠辱不惊

不施粉黛的风
一会儿为山坡抚一缕淡香
一会儿替树枝裁几点翠色

林中漫步的羚牛、金丝猴、朱鹮
大熊猫、野猪、狗熊
一齐扯开嗓子
想把江山叫醒
只是缺乏诗人的修辞和维度

# 惊蛰

这是一种方言
夹杂着空气的腥味，辞退了
一个季节的喟叹，用一枝桃花
填补大地的空白

在河水流去的方向
在村庄的岸脚
在泥巴和犁铧之间
用一声雷鸣复活

在东南风的悸动里
倾倒了旷野奔腾的乡愁
荡人心魂的秦腔

# 春天的动词

三月，大地终于找到
喘息的机会，思忖
该以什么样的姿势
让沉寂一冬的墒情
由昼的白渐变到梦的紫

土地饱胀着勃动的曲线
在田埂上自赏，融化
凝重地选择蒸腾
与犁耙无缘

风止，草木失语
鹅黄淡染的柳腰
动作倾向于取代语言
乡愁举着一树树影子，南下或北上
不敢轻易地许下归期
在每一条不堪饥饿的田埂上

这些因火而生的草木，被日月
塞进灶膛，隔着厚实的土墙
续烟递温，传承春
恪守的家训

麻雀和喜鹊，在一片蔚蓝中
浅唱，惊蛰平仄的韵律
不再裹足不前，约请
午阳和鸟的风影
赴一场薪火操办的舞会

河流冲破冰的禁锢
步向田间地头
指着桃花吐出的醉意
忘记了回头

一片片油菜花张扬着
急着向村庄，倾诉衷肠

而我怕生脆的形容词
逆行了春天的脚步
只留下一幅字帖
供春天的动词临摹

## 夏至

鸟的鸣叫，唤醒锄头
禾苗，和着吆喝声
在记忆里，张开
翅膀，为故乡布置
盛大的农事

阳光的脚步和着母亲的
小跑，每一根脚趾
幸福地疼着，让土地
等待汗珠的认领

父亲蹒跚的身影，弓身
东一洼地畔，西一块梯田
像沉默的土地
越发清瘦

吸食了粉浆小麦

在云的彩排里
乱了风的节奏
沉醉于自己的
年丰时稔

只有单身的蛙们，望着
蝴蝶的花衣裳
敞开喉咙，不知道
人间真爱

# 夏收

阳光，已褪去羞涩
明显泼辣了起来
跟着父亲沁出的汗水
决胜千里

大地，已满腹的火焰
像乳汁充盈的母亲
一片片金色
燃烧着爱

风，弥漫着乳香
均匀地簇拥着村庄
像热恋中的少女
咄咄逼人

麦田里，八百里急报
麦子姑娘要出嫁了
镜妆里，环肥燕瘦
等人迎娶

# 霜降

露珠献出了所有，也无法收买
风，趁它不注意
放下枫叶勾兑的红儿红
一饮而尽，撞开了
雪的大门

河水不堪直视，岸堤
踮起的脚尖，用托举
诠释，镜子里的娇羞
鞠一次躬，向后
退一步

## 秋风

料缸被打破，你席地而坐
还要净身出户
却不知道往哪里去

把真实在夜空里泯灭
把物事在寂静中淹没
蹒跚着步履，为岁月
改朝换代

以空气遮羞
用天空寻找
自己替自己说话
裸露着躯体
与远方成了拉锯

五百年前如此
五百年后亦如此
也摆脱不了命和土的和解

# 秋色

抛下红纱，银霜轻扣
斜出南来与北往
夹入生命的底色，为活着佐证

筋骨穿上了衣裳，忧愁落满了漂泊
任颜面随霜滑落，只洇出了一色
就缝进月里，掉落无数
黎明又黄昏

带着纸，带着笔，高调地
宣示主权。还是抵不过大地殷勤
走着走着就到了无声

等天青色，等云
等大地的信任

# 秋叶

无羽的天箭，铺开在重启
反复咀嚼着凉薄的日子
使受伤的记忆，也轻拈寒露
以一种爱的慈祥抵达

山川不语，荒径隐去
嘚嘚的马蹄声，为故乡打抱不平
替埋伏中的村庄，将伤口填满
重现已失多年的母语

追着云，赶着雨
用渐渐发白的晨曦
演奏着无形的走向
每一次都是归来，都有一扇
新的门打开

用长句绳结往日，用短句

打捞眺望，用方言，赶往不同
姓氏的山川。私下里
用叶尖与泥土交谈

只是自己，永远丢在了异乡

## 秋光

城池被月光压弯
捡不起一把尘埃
只剩下一抹抹伤痕
被堵在城墙下

曾经的满腔热血
被踩碎了的蚁穴盛满
一束数十年

光年之外，你是否一样仰望或倾听
天空的暗喻，独占最灿的领地
不钦羡纸醉金迷

不说彩云叛离
不说唤醒了多少沉睡的人
只赋予云的攀行

# 秋事

夜乘月而来，包袱里藏着
爱与哀愁，在时间的键盘上
于近处磨石，于远处观火
给万物披上简洁的修辞
成为异乡人

风在检索落叶，把炊烟和乡音
押上韵脚，躲在屋檐下
打探归期，就是听不见
它们撤退时的集结令
雪到来时，便成了故乡

庭院隐藏它的年轮，坐落在
被遗弃的村庄，替岁月在人间行走
它的眼神，被夜色还
消磨难溶，甚至比一条路
说过的哲言更深邃

白云不舍远近，从体内抽出流水
淘洗一场迟归的天空
有风来时，就叫它诗人
有雨来，就当是一川瀑布三千尺
每个词都很累

所有这些，都不是你朴实的着装
成了谁家的江山
都不是我的想象

# 落叶

用一生难读懂的虚词
背负横扫的黑锅
把梦交给拯救

扯着伸不直的脊背
抚慰满脸的皱纹
饮下一口口的西北风

会化妆，会整容。但不表白
不任人摆布

寻祖，问根
只待青泥的翻卷

# 秋霜

这是一纸素描
饱蘸着秋水，粗犷
剔除了赘续的旁逸斜枝
用血肉之躯，填补
横陈于地的骸骨
一语不发

扮着伊人的角色
充塞我的诗行
赚得馨香四溢

这是一种格局
掩盖着宽恕，阔步
偶尔来了兴致，也会
附庸风雅地挥毫
画出骨感

带着落叶、飞鸟、种子
精准地描摹

## 秋词

落日已铺开了
画布，与烟水浮云
推送另一番风景
不让风混淆视听

清瘦的词语，乘着渐薄的枝叶
不问走过的岁月
开始原谅自己

乡事在蜕变中
应和出一片片的果语
无处躲藏

溪水描述着明快的节奏
给柔软的小草
刻上，万世佛身
安抚不温不火的年岁

只有我，不忍心与你道别

与风合吟一阕词

## 小雪

风薄得锋芒毕露
来不及在云里放歌
就割破了季节
令往事枯萎

月亮是另一盏灯
用回忆劝退了黑夜
坐在墙角处，等
梅花开

太阳也绝不是旁观者
让旧房屋还留有母亲的体温
让故乡的名字
在仪式感里，朴素地
活着

父亲坐在麦田边
用方言提示我

不要怕，所有的冬天
都是为了让泥土
成为泥土

# 立冬

季节牵着田野
回到了原乡
菊花用下弦月，给风
留出通道，让秋
抽空，积攒的火气
为大地陈述，谱曲
泪流满面时，不再
看谁的眉高眼低

# 小寒

为了延续岁月的烟火
我编织了一个童话
就凝结攀折，草枝带冠
抬高人间。记住
从来是一首荒芜的词
无论是草书，还是正楷
该怎么走，还得怎么走

没见有谁比它帅气
只用一道神符，就让汉字
拓印成圣洁，让罪恶
随白离开。所谓的风流倜傥
只是一句形容，提醒
春天近了

# 年在正月初二过

许多年了，年
还没有学会
行走。漂移
没有从车流和人声中淡去
从镜子里审视
失水的目光
久久地聚集在鼻尖
被呼吸声盘活
随路南下或北上

身后是一座座干涸的村庄
叹息里，安排
影子、烟火、黑土
认领长成的潦草
听草木间窃窃私语
听父亲挥鞭吆犁
听母亲伺候小鸡、小鸭

迎春花认领春水

而此刻，我还坐在一页纸中

（正月初二回家过年路行中）

# 雪事

迟暮在纷纷地鞠躬
荒草还在延长寿命
一半强撑于地面上
一半在泥土中已经腐烂
臂力泛陈地，挽不起
陈年的包袱
只有通往山上的路，还是山
事事抢先，清晰地让我
看到，世界的剖面图
风携带着决绝的腔声
白桦装傻放弃了焦黄
溪水窝囊地活成了冰
满坡的草木还亮着方言的牙齿
突围这季节的任性
向天，借一场浩荡亮相

# 十、人生笔录

# 在医院

在医院，生命以另一种身份
和人类的密码密谈
我只是过客。装在体内的
是一部分的命运
被羁押，收性，封存
说着异乡的语言
路过我

像离家出走的人
转了一圈后，又回到原点
夹着油盐酱醋茶的味道
尖锐与怨诉

只有生的欲望，从内向外
一直咿咿呀呀

## 在病房

不得不承认，这里的空气
都是隐秘的杀戮
都是把旧日子再翻一遍

无论是寡言，还是喧闹
到了这一步，都要交出
最后的底牌

吊瓶像一条河流
流水线式地兜售
活着，舀出自己

它们洁净、纯白
重置，飞或哭
摁住在出逃

# 在手术室

（一）

在手术室，我随意与刀锋
以爱的名义
随时割裂

命运就是脚下的刀锋
在时间上行走
切割着我的肌肤

血是另一条河
在黄色的皮肤下
找不出亲近的理由
蜿蜒而动
透明、脆弱

只有善意深藏在

人间最洁净的顶端
一端是我，一端是善良的至亲
承担所有的苦难

（二）

在手术室，疼穿越我的皮肉，爬行
用有毒的牙齿，刻下
象形文字，为我摊开人生的命题
让我阅读甲骨文，拜读祖先
寻找母亲、父亲

满载物质的宿命
在刀切开躯体的匆匆中
布下密密匝匝的拷问，穿越
带来深渊般的梦境
充满占有的欲望

躯体之外，被奴役的爱
啃噬我的骨骼，只是
志趣，没被剥夺得支离破碎

只有幻觉，与激情
在亲人的期待中，谱写

颂诗的本能，泅渡
时间的思考

（三）

在手术室，白昼搭载着黑夜
唤醒那些不肯睡去的人
要把它们运往一个地方

空气中，除了黑
每一个细节，都重复一小段时间
似乎，一种新的厌倦在逼近
在神的屋檐下，也不低头

我没有身后之物
我不禁地停留
因为那个困囿里
还有光线照亮的一片暗地
穿过那片逼仄的荫翳

像一个巨大的穹顶
有人在上面调弄
悲欢离合

## 寻找的夜

大地入睡后，我还醒着，活在
人世。只是更多的痛苦
哑口于白昼，错杂的
无迹可寻，不停地
收割光阴，不停地
焚烧光阴，亦如不谙
身世的流水，举步维艰地倒下
起来。在暗黑里搜寻
掩埋所有的哀鸣

关于罪孽和忏悔
关于生命的过往
关于结束，都被
喧嚣截断。粉碎着
身骨寄存的誓言，替我
把未眠、故乡
遗落在窗外

在灵魂里兀自苏醒
在夜覆盖下的尘世
用尊严腌制的哑寂和腐朽
留白，陈述，低头
谦卑在黑的缝隙
寻找光的厚重

## 煎草药

打开麦秸火，失聪的瓦罐说
草枝没有骨头，滚烫
在水里，养人间的命

我看到，旋涡的中心
母亲在替我陈述，一场
迟到的身世

那么多活泼的色彩
金黄、赭黄、深红、浅白
都穿着黑色的外衣
汇成了萤火，替我交出
身体内部的光，凝视着
被迫的乡野

也像我的坏脾气，一闪一闪的
凝固，流动，渐渐平息

展开了一个个大词

嵌入的味道，风的大印
填满了念想的温床
略带腐草的气息
喂养我一地的记忆

## 失眠

昨晚又失眠了，数着羊
数着徐南坡村，那几个头门
数着从那些门走出走进的人
那么多的人已走失了
数着春夏秋冬
数着父母走了这么多年了
夜里还陪着我

你说，人失眠了，数羊
夜失眠了呢？病痛呢
成了黑夜的王
就是数不到
上帝一直坐在身边
让暗夜重回白天
每一个在夜里醒着的人
不再挣扎

## 蓬松的夜

灭掉灯光，很难
打开夜的倦意。世人皆睡去
我却把构思磨成文火，像是一
安静的楷体字，陷进光阴
燃烧，这个蓬松的夜
天气就转凉了。暗处，更凉
一座座日渐低矮的村庄，被夜色
包裹，收走。与人们争夺
岁月，互抽的撕痕
读出一张张影子，在旧相册里
磨光，人间缔造的浮华
在真相的倒置里，编撰
昨日，前世与今生
像流水，清洗着
夜的神经

## 守候

我终于静下来，写着讳言涩语
还原风的行吟，看着它卷起盘缠
匆匆出走

大地如此敞亮
容得下万物走笔
书写活着的意义

岁月那么的软
很多敏感的话题
语言都难以描述
遇见水，就开始溶化了

冬天那么厚
像棉衣，念及着一个属家的姓氏
在故乡的背景里相亲相爱
指着云朵说出归期

安排白雪和梅花相认

只有我，还在此处
在此处放置，在此处获得

## 负重

我想对夜说，阻挡
你的，不是我的失眠
我想对黑暗说，压垮你的
绝不是我数过数万的羊
冲垮你的，一定是你拦下的
焦虑、失望、无助、疼痛
每次路过暗夜
我都会和它
长谈一次

# 安放

我想从山的顶端，提取些光
让温暖再多一些
我想用夜晚，覆盖思念
用常用的词，写下眺望
写所有的白天黑夜，写下
所有的风赶着回家
抹平我的脚印
写到最后，竟没留下一垄薄田
置放我的身躯
安卧一茬又一茬的疼痛

## 治愈

昨夜，我又梦见父亲以锄头、大地写诗
母亲用熬药的火，为我取暖
梦见雪花给自己立碑
以忏悔、低眉、折腰、屈膝的方式
随风的影子，随脚下的土地
在露头返青的草尖
在牛羊的嘴角
在潺潺喘息的涧沟
治愈冬天

# 另一种辞色

## ——评徐斌会的诗歌

云栖

英国诗人济慈在《希腊古瓮颂》一诗中写道："等暮年使这一世代都凋落，只有你如旧；在另外的一些忧伤中，你会抚慰后人说'美即是真，真即是美'这就包括你们所知道、和该知道的一切。"诗为人性之中的自然之灵，其词句、节奏、情感等无不彰显着日常之物给予人类心灵的通感。抓住事物的灵魂、从万物的表象入手探究其本质上的不同，世间的诗人无不在自然的感情冲动中，对万事万物进行着客观而理性的思考。徐斌会以敏锐的诗人之眼，不仅仅着力于太白的自然风光，而且杂糅着生活美学中淡远隽永的修行与顿悟。大自然是有生命的，风云雨雪的起兴、星辰日月的更迭，纵目而望，借由诗人艺术与生活的完美结合，缔造出另一种辞色，让人与自然毫无阻碍地进行着一场神秘而自由的精神交流。

且让我们随着诗人徐斌会巧妙地叹惋，体会一下人与万物的物我交融，人与故乡的两厢眷顾。

"在大箭沟，你不用抒情/那些峭壁，那些树/那些藤，就知道你来了”，诗人的一经出现与存就已和万物有了默契，发现了物与人的沟通在于感应。诗人走笔从容，蓬勃的想象力让主题形象而鲜明。大自然知“你”悲伤、迷茫，懂“你”彷徨、柔弱，更赋予人高远和辽阔。人的一生，经世事而不自哀自怜——“它喜欢柔弱/就如一捧泉水”，以水之上善为指引；以石之坚毅为骨骼何其不易——“薄薄的/薄如一片树叶/在石头上发芽”。于是“风，跟着更远的风/有了雨水的重量”，于是“它喜欢出发/喜欢跟着太阳出发/跟着鸟鸣出发/用星光唤醒黎明”，于是“每次去大箭沟，我也像/行走的大箭沟，缓缓地在石头上/滩涂色彩，流淌/会有旋涡，会有辽阔”。诗歌的地理意义在徐斌会的诗中超越了空间与时间，汇入了视觉与听觉的和谐奏鸣。大自然之中的任意一个存在，都给了诗人徐斌会心灵的慰藉与丰稔。

一首诗所探索的意蕴，不仅震撼着诗人，也震撼着每一个读者。大箭沟的鸟群落下一粒粒倒影，而这倒影何尝不是每一个行人深浅不一的一声叹息。人类的一切精神活动都是对美好事物的一次又一次召见，诗人沉浸在美的芬芳里：“一只只蝴蝶，让青草低垂”。人世匆匆，如白驹过隙，终究是恍惚而已，又有多少人能留下惊鸿之影呢？而白云千载也不过是他年的一场幽叹，犁遍恒久如斯的天空，也仅在须臾中“陷入更空更蓝的孤寂”。物的唯一，人的独得，打磨锻造、悬垂斑驳，在生命的霜色里诗人从未怯步。诗人用语言创造出炽热的生命状态——“探着双手，刨土追香/也在等影子走进水里/从沸腾中获取/瞬间的安慰”。

此时草木静候，微风不燥，起于诗意的祈祷是诗人对自然的虔敬之情，亦是对温暖的另一种追逐。

在虢川河种月亮，以待和所有亲人再次聚首，是对父亲的无限怀念；在虢川河看雪，那盈着不滴的泪，是对母亲一生操劳的授勋；而诗人的一片冰心也在此时飞于鬓角。故土乡间，那些永远无法割离的情愫，亦归于这方土地。于是，“在乡愁被囚禁的日子里 / 我只能用思念小心地擦拭着”，于是“剥落，在故乡之外 / 归来，在尘世之外 / 留下碧毯，留下一缕 / 幽幻的缥缈”，于是“没有什么可以阻止寒潮来袭 / 早已着陆的种子 / 期待在冰雪覆盖下 / 孕育新的生命”。诗人徐斌会写景抒情，以物及人，时而开明辽阔，时而忧思小扰，让读者看到大自然在给予人巨大能量的同时，也会给人带来痛并快乐的感受，这就是真实的生活，自然的生活，更是诗人精神形式的自我实现。

在徐斌会的诗歌中云朵、雪、风等自然现象也多次被提及。这种提及是深沉的，饱含着无尽之意。

写雪，他写道：“如果只能用一腔思念去 / 陈述太白山，我不得不承认 / 雪，就是我的诗文”；写云，他写道：“在虢川河，云像一块手帕 / 把不可具象的鳌山 / 包成风向，只管向南 / 像个英雄”，这是何等执着的柔情？

写云，他写道：“和着 / 宇宙的弦音，在海水般的 / 蔚蓝下缠绕，放飞 / 驰骋地腾起”；写雪，他写道“看不改姓名的大雪 / 给大地授勋”，这是何等朴素的赞誉？

写风，他写道：“在虢川河岸，秋已被风 / 剪为一弯月白 / 似从容赴死，又似寻觅归途 / 亮出了底牌”；写雪，他写道："你下的是窦娥那场雪 / 还是虢季子白盘载不动的雪 / 按下了天的开关 / 该扔的和不该扔的都扔了"，这是何等超然的豪气？

读徐斌会的诗歌，掩卷之余仍会余音袅袅——写景，又因景见情。既是外在客观景物的工笔细描，又是诗人主观世界的情感绵延。在诗歌理念中，人类和自然事物相通，人和人亦相通，我想，这也是诗人徐斌会灵感迸发之所在吧。诗人的敏感和对生活的留心以及自身丰沛的强烈情感共同构建了他的浓郁的诗心"面对众多的 / 急流、峡谷、河道、险滩 / 把一生修成正果"诗歌虽是言外之意，象外之境，但传统的诗歌更注重言为心声，正如法国浪漫主义诗人缪塞所说："诗虽是手写的，说话的却是心。"由此可见，言之有物的真诚创作，剔除任何功利的艺术主张，必将是所有诗人永恒的追求。

[云栖，原名张翠云，吉林德惠人。中国诗歌学会会员，吉林省作家协会会员，《作品》杂志社特约评论家。作品见于《作品》《都市》《北方文学》《散文诗》等杂志，入选《吉林文学作品年选》《吉林文评》《中国青年作家年鉴》等多个年度选本，曾荣获《鄱阳湖文学》2021 年年度小说创作奖（小说类）、《作品》杂志社 2023 年"十佳评刊员"银奖、第十九届紫香槐杯全国网络征文大赛二等奖（小说类）等奖项。]

后记

# 与自己和解

“我唯一担心的是我们明天的生活能否配得上今天所承受的苦难?”这是我写这篇后记的原因。

记得我给《慢城文苑》一个老师留言时说过这样的一句话：诗的意义决定了它的命运，绝非为了欺世盗名而生。哪怕一句，只要能像穿过暗夜的一束光，就有生命力，就有希望。

我曾给别人写在父母亲追悼会上的发言，给侄儿、外甥写他们送别父母的答谢辞，给影展写过前言，给别人出书写过序，代别人写过序言，就是不知道怎么写诗，怎样把握节奏感，也只能把自己看到的，想到的写出来。就像我写风过鳌山、虢川河、大地景观、翠矶山等等，总想战胜它们，征服它们，用生命，活着，存在，告诉人们，要热爱自己，热爱天地万物。

我特别爱山桃花，我曾经在散文诗里把外婆、母亲、大姐都比作山桃花，因为外婆出生在山里。春天的时候，那里有满坡的山桃花，今天，她们都离我而去，一辈子默默无闻，“像训诫书上，规规矩矩的签名/只听命于春风”“即使化身泥土，也会 / 成为书签，像山 / 一样活着”。

“人生笔录”部分，是我手术后写的，是春天看到万物生芽，开花，而我却一次一次地奔赴在去医院的路上，多想像它们一样开花散枝。多少人都知道患上疾病的可怕，多少人被病吓怕，但真正的害怕到来时，你除了无路可退，你也没有办法。我本想写那个过程，但又怕内心再走进那个痛苦煎熬的深渊，所以只留下了短短的几首诗。其实，真正的害怕是替亲人害怕，是亲人们在担心受怕。在那个最至暗的日子里，连失眠都是那么的可亲可爱。

2020 元旦前夕，当我在大雁塔北广场看到梅花在寒冷中竞相绽放的时候，我多么想和梅花一样呀。整个下午我就在那棵梅花树跟前转了一圈又一圈，陪同的爱人对我说：“就是一棵树，看了一下午了还不走?”我知道她是害怕虚弱的我受风着凉。可她哪里知道那个时候失眠的我，当看到梅花盛开的样子时，我是多么的兴奋。我高兴的不是它的醇香，而是它战胜自己，战胜寒冷的气质。于是当晚就写了《遇梅不及》。

其实，在病中的人是幸福的，忙碌中的亲人来到了你的身旁，他们还不是想为你受过吗？一副一副的中药，在温火慢熬中，不由得就想到了母亲，想到娘替我受过的岁月，那不是就是爱吗？就有了“我看到，旋涡的中心 / 母亲在替我陈述，一场 / 迟到的身世”。

我也不掌握诗的结构，所有的诗歌写作都是按照自己认识的，认为的，像写鳌山、太白山一样。其实我至今没有踏进鳌山半步，但它每天就在我的眼前，每天都是新的，就像写太白山的风“奔命者，永不停歇”。

我认为写诗就是和死亡、失去，说不，就是寻找现在的和远去的关联性，从死亡中看到希望，看到生命。就像看到衙岭的雕塑“背着故土在山坡上陈兵 / 为日子淬出坚硬”“让所有的风，跟随草的步伐，体弱的子孙留在半路 / 强悍的子孙 / 日夜兼程”“让所有的生命都向生而死 / 唯有草，向死而生”。想从战车，战马的嘶鸣里找到那些远去的人，想在石头的彩画里看到他们曾经的影子。既有我们无法忽视的挣扎、忍受，也有我们无法忽略的爱，别看那一根石条，“自从它出现后 / 所有的石头都无须补钙。”不知道是多少人，花费多少时间，才打磨成方形，才安置到上不着天下不着地的山腰。他们流了多少汗水？与它们关联的人呢？那些手拿皮鞭者，那些分管口粮的呢，是不是和他们一样面黄肌瘦。

站在这些遗址前，你总得有一些反思，越向深，越不安。为什么我们人类不能好好爱自己呢？小小的诗歌怎能替代它的苦、它的疼、他们后辈儿孙的哭声？看看栈道上的这些地名，哪一个不是骨肉分离的地方。谁关注、关心了它们呢？

2019 年是我写作最多的一年，也是诗歌陪着我度过了那段至暗夜的时光。虽然在发表的时候做了修改，但内含的血丝，依然清晰，发疼。始终认为，写作是一个人的事，至于别人认不认可，那是另外一回事。写作就是写自己的世界观，写自己的心性，写自己与天地万物的辨识度。至于能否融入到它们中去，触发它们远去的及未来的可辨度，不仅是物的气质，更是写作者的格局。

这本书，是我自从写作以来的足迹，里面除了部分在医院治疗的诗歌外，其余的作品都已发表在报刊上了。

如果说上部是日子，下部就是岁月。在医院的那段时间就是我的小插曲，是对我人生开的一个玩笑，但谁又能经受得起那个玩笑？谁愿意那样呢？

就像这本书的形成到出版，这个过程是痛苦的，煎熬的，难受的。能不能引起你的共情，能不能放在你的书架上，那是你的事。能不能让其中的一句话，甚至几个字，让你记住，那是写作人的事。也是我为自己的生活开凿出另一个窗口，不断剖析，反思，让有限的人生成就无限的自己。借助理性，不断审视自己的内心，成为更好的人。从痛苦里看到爱，从不幸中看到幸运，最终，与自己和解。人如此，万物也如此。

当然，写作，除了回忆，还有感悟和情感的表露。几十年来，我从未放弃自己，从未放弃爱过我的人和我爱的人以及让我生存的天地万物，我只想让他们及它们在我的笔下都是蓬勃向上的，是生命力的另一种展现及存在。

2025 年 1 月 17 日